做点自己看得上的事，爱些自己看得上的人

陈默默 著

天津出版传媒集团

天津人民出版社

图书在版编目（CIP）数据

做点自己看得上的事，爱些自己看得上的人 / 陈默
默著. -- 天津：天津人民出版社, 2018.9
　　ISBN 978-7-201-13943-2

　　Ⅰ.①做… Ⅱ.①陈… Ⅲ.①随笔-作品集-中国-
当代 Ⅳ.①I267.1

中国版本图书馆CIP数据核字(2018)第184296号

做点自己看得上的事，爱些自己看得上的人

ZUODIAN ZIJI KANDESHANG DE SHI AIXIE ZIJI KANDESHANG DE REN

陈默默 著

出　　版	天津人民出版社	
出 版 人	黄　沛	
地　　址	天津市和平区西康路35号康岳大厦	
邮政编码	300051	
邮购电话	（022）23332469	
网　　址	http://www.tjrmcbs.com	
电子信箱	tjrmcbs@126.com	
责任编辑	周春玲	
装帧设计	杨　龙	
印　　刷	固安县京平诚乾印刷有限公司	
经　　销	新华书店	
开　　本	880毫米×1230毫米　1/32	
印　　张	8.5	
字　　数	120千字	
版次印次	2018年9月第1版　2018年9月第1次印刷	
定　　价	45.00 元	

生活其实是最难写的。

因为每一个人都有自己的生活方式，于是自然会党同伐异、我是他非。

有了对象的会让没对象的赶紧张罗，理由是这样你才能不在午夜梦回的时候黯然神伤；结婚的会让没结婚的抓紧，要不怎么感受家庭的温馨和美；生了孩子的整天催没生的时不我待，否则如何体会生活的完整；孩子上了学的有机会就给没上学孩子的家长普及，很多事儿现在就得干起来，到时候后悔都来不及……总之，就是每个人都试图评价别人的生活，并把自己的观念强行套在对方身上，不听都不行，摆明了就是冒犯，告诉你了还不学着点儿，怎么这么给脸不要脸呢？

生活并没有对错好坏，谁难受谁知道，即便难受，也愿意自己抗着，干吗非得把难过表演出来。什么都可以丢，但是支撑后背的那根筋不能弯，人前必须漂亮。每个人的这份固执，才是生活的核心，丢不得。至于别人讲的，是他们的生活，他们的难受也是自己才知道，他们背后也撑着一根筋。

所以，很怕看各种号称提炼生活精粹的文章，歌词大意无非是我过得漂亮，即使以前不漂亮也是为了现在的漂亮，要不要跟我一起漂亮？好的，来听听我说的关于生活的废话吧。让人生厌。

而默默的这本书却有些不同。

认识她十几年，从学生时代一直到当了妈妈，默默一直在变化，而且每个阶段做的事儿还挺不一样，好像之间也没有什么起承转合、前因后果的。隔三岔五见面聊天，每个阶段会出现的苦恼也都没落下，但她背后的那根筋一直挺立，总是很漂亮。

她这本关于生活的书，就挺像自己的，说什么的都有，横跨了近十年的时间，所以很好玩的是，书中会出现一篇文章和另一篇文章的生活态度截然不同的情况，却不会觉得毫无逻辑，反倒可爱，谁对生活还得一以贯之？这样的不同，正是不强迫自己、更不强迫别人的态度，有这种态度，凭空就高级了很多。

是不是鸡汤，因人而异。喜欢就接受，不喜欢拉倒，一点儿对生活的小理解，没必要专门拿出来讨论，看一篇，当歇口气儿，本来也是生活的一部分。

这本书，不用大卖，那种一惊一乍的措辞，不符合陈姑娘的生活理论。

张绍刚

2018年10月6日于北京

CONTENTS

目录

CHAPTER ONE

成长是条独行的喧闹路

你这一路上，也一定遇过很多人。

他们让你尝到爱，他们让你尝到恨，

他们让你尝到喜悦，他们让你尝到愤怒。

他们熙熙攘攘，他们人来人往。

七夕，
我想讲个爱情故事

～～～～

七夕，我有个爱情故事要讲。

奶奶当年膝盖疼，痛到下不了床。她躺在床上哭，发些无名火气，说自己是个没用的人了。爷爷不跟着哭，他搬个小凳坐在奶奶床头，给她念报纸，讲家常，说宽心的话。

就这样一天又一天，

在窗外阳光时，

窗外落雨时，

窗外绿荫成片时，

窗外冬雪压枝时。

后来奶奶病得久了，心的痛苦大过于身的。她得了抑郁症，每天以泪洗面，觉得所有人都好，只有自己不好。爷爷扳着手指给她算，说，你想想你为这个家做了多少贡献呐？你一个字都不认得的农村老太太，培养出了多少个大学生了哇？你该骄傲啊！爷爷说得慷慨激昂，有时候我听了都觉得激情燃烧。然而奶奶只是点头，说着好好好，有时候笑着答，有时候没表情，也不知道是听进去了还是没有。

后来奶奶死于愚人节那天。

竟是自杀。

全家人那日冒着毛毛细雨，淅淅沥沥地从全国各地赶回老家，不知道是该先哭离世的人，还是先安慰被独自留在世上的伤心人。结果反倒是爷爷，站在小院门口，带着每一日不曾变过的体面，反过来安慰每一个哭着进来的人："没关系，没关系，不哭了，就是当皇帝也都有死的那一天呢，是不是，这是自然规律，我很好，没关系。"人们将信将疑，看着过度坚强的爷爷，也都假装听了进去，慌忙擦了泪进去吊唁。人生已经如此艰难，安慰的话就权且先收下，谁也不要深挖伤疤吧。

老家那时还是土葬。后来把奶奶的棺材抬出他们生活了一辈子的屋子时，按规矩全家老小都要一起搭手起棺，除了老伴。所以是所有人都往院门口走，爷爷独自留在家里。我也跟在棺材后面，往前走着，临出家门的时候，我回头看了一眼，偷偷看爷爷。我看到他在所有人的背后，瘫坐在沙发上，他终于不必再强打精神，枯瘦的双手，捂着脸，无声地痛哭。那画面我一辈子也忘不了，一片灰色的中山

装，窝在暗红色的沙发里，哭到浑身发抖，却一切都是无声的。

后来奶奶去世一年后，爷爷也走了。死于胃癌晚期，或者说，其实是死于拒绝治疗。他越来越瘦，原来爱说爱笑的他，自信的他，都不见了，只有偶尔可见的，阳光下晒太阳看天的沉默。他最后的那些日子，家人都陪在他身边，用尽最好的资源医治，爷爷却不肯再配合。他不肯打针，不肯吃药，每日沉默而决绝，像是在等待什么。最后他离开人世的那天，平静安详。

在他们两人走后那一年，我空前绝后地想结婚。我厌倦透了年轻人之间今天说爱你明天不爱你，反反复复浅尝辄止的关系。我厌倦了

ktv，厌倦了夜场串来串去。厌倦了手机里的情话，厌倦了经不起双方家庭检验的关系。

我想结婚。我想拥有一生相伴，生死相随的感情。我想尝尝这把另一个人融进自己的血里、肉里、骨髓里的滋味。尝尝和这个世界深度交换柔软的感觉。哪怕这其中伴随着未知的恐惧。

后来我如愿组建了家庭，怀了孕。孩子出生前的一个月，我频繁地开始做梦梦到老家那座老房子。梦里出现了爷爷奶奶。

那是他们去世后第一次一起在我梦里出现。我很惊喜，他们去世后我很想他们，却一次也没有梦见过他们。那是第一次，他们两人再次出现，虽然是在梦里，可是那感觉却是如此熟悉。他们打着伞，湿漉漉地站在我面前来看我，梦里我似乎在参加什么比赛，压力很大，两人都笑笑的，带着我熟悉的慈祥。看着我一言不发，好像在告诉我，人生也可以慢下来活。他们在梦里什么都没说，但我知道他们一切安好，便也心里暖暖的。

第二天醒来，我给住在老家的姑姑打了电话说了这个梦，姑姑当天便去坟上看，回来告诉我们说，奶奶爷爷的合葬坟，漏了点水。

我却不怕，我最爱的人让我知道了，生死不过是一道看不见的墙，没什么可怕的。

说好了说个爱情故事，结果从七夕讲到了清明。

然而哪一天不是生活的日常呢？你把它叫作节日，而它其实就是个寻常日子。一个又一个的寻常日子，加起来是你的一生。而不是一

个七夕、一个圣诞、一个光棍节什么的，加起来称为一生。如果你真的爱一个人，你会发现，你爱他（她）的幅度不会因为某个节日而上涨20%，也不会因为不是节日便下跌20%。

不是吗？我们人类在时间里体验人生，但感情，有能力超越时间。

有人说，感情到底是什么？

它有时候闪闪发亮，有时候也闪着泪光。

有时候不可一世，有时候也卑微到底。

有时候它是你的一切，有时候它夺走一切。

有时候生龙活虎，有时候行尸走肉。

它是安全感的来源，也是不安全感的来源。

它撕裂过你，也治愈过你。

它无处不在，它也无迹可寻。

它珍贵的地方就在于，它是活的。它是体验。

所以，去拥抱丰富的体验吧。大方爱吧。别去管什么时间，是不是七夕节，或者是不是一辈子。今日你若大大方方地追寻了心中所爱，哪怕之后散了，光棍节又要一个人过，那又怎样呢？

谁曾因怕死而畏生？

你不曾。否则，也不会在这里呼吸，看这些文字。

在生里，在活里，在爱里。你所能拥有的霓虹和裂痕，都独一无二。

尝

我想尝尝这把另一个人融进自己的血里、肉里、骨髓里的滋味。

尝尝和这个世界深度交换柔软的感觉。

哪怕这其中伴随着未知的恐惧。

农 民

今天下午坐地铁，快到某站时，非常拥挤的车厢里，俩女孩要下车。她们位置有些靠里，便喊着"换一下换一下"往门口挪动，静止的车厢空气瞬间摩擦了起来，门口的人纷纷侧身与她们交换着位置，而就在此时，靠在门口的一个白白胖胖的中年男子，西装革履一脸嫌弃地朝着背对着他，站在他面前的高瘦农民工喊道：

"啧！！！你别动了！挤什么挤啊，衣服上的灰都快蹭着我脸了！"

蓝色工服的农民工一愣，回过头来，用不标准的普通话很老实地小声解释："她们要下车，我给她们让个地方……"

"方"字还没落，胖男人便破口喷道："让什么让！你不会一会儿开了门先下去？！你看看你，你衣服上的土都蹭着我了！农民！"
满脸厌恶，夹带训斥的口吻。蓝色工服想说什么，但是忍住了，低下
头再没吭声。

　　车厢里一众人看着，都没开口。我心里有些不忿，但见双方也都
不再言语便也以为事情就到这里结束了，结果十几秒后，地铁入站，
蓝色工服真的下去了，在车厢外默默地看着人下完，再进来。然后依
然默默地低头站在一角。胖子还不忘送上白眼若干。

　　没完了你！农民怎么了！

　　我气坏了。

　　我的爷爷奶奶住在农村，我3岁以前的时光是爷爷奶奶带的。我
就是个农村小妞——和农民一起吃饭，一起睡，和小鸭子、小鹅是好
朋友，不会说普通话，听不懂普通话。见了城里来的爸妈吓得哭，觉

得糖难吃，巧克力恶心。我的爷爷奶奶直到去世也不肯到城里住，他们热爱大自然和自由，他们不喜欢城市里一个一个封闭的高楼鸽子笼。他们在乡下种葡萄，种玉米，种黄瓜，种栀子花，每年夏天花开的季节，小院子里满是栀子花的香味。他们吃着自家院子里母鸡下的蛋，葡萄和樱桃成熟时，每天有好多小鸟来偷吃。高高的院墙上经常有村里的小猫趴在那睡觉，睡醒了伸伸懒腰，跳下来打个招呼又没了踪影。他们早起早睡，田间散步，他们爱太阳，也爱雨水。

而我爱他们，爱那个我从小长大的村子，爱那段童年经历。我就是农民的孙女。其实，从某种意义上说我们都是，作为从农业社会过来的地球人，谁也别装不吃土里的粮食。有句话说，随便一个中国人往上数四代，哪个家都和农民有关系。就算没有关系，我也想跟你讲讲，另外一个视角的农民，也许你未接触过的农民，三个真实的故事里，真实的农民。

三个真实故事之一

有一年冬天，爷爷奶奶还在世。我们回老家过年，我带了电脑。村里当然没网络，夜里能看到春节联欢晚会都已经是万事大吉。于是我就只能用带回去的电脑，玩玩挖金子这种单机小游戏。那个下午，我在家里玩游戏，农村的院门大多不锁的，但我还记得当我突然抬起头发现身后围满了好奇的"小脑袋"时，还是吃了一惊。他们都是村里人的孩子，一个个瞪大了眼睛张着嘴看着我的游戏画面，害羞的小孩躲在大胆点儿的孩子身后，好奇又期待地看着我和我的屏幕。

我愣了一下，把电脑往前推了一点儿，问，你们想试试吗？这下换孩子们愣了，他们当中大概是有人反应过来，于是立刻欢呼起来。我起身把电脑让出来，并简单地讲解了一下，这是笔记本电脑，这游戏叫挖金子，电脑上玩应该怎么操作。

孩子们又是一阵欢呼，还制定了规则，排着编号，规定一个人赢了可以进行下一关，输了，就换后面的人。他们小指头在液晶屏上指指戳戳，喊着，挖这儿挖这儿！那儿那儿！一下午，他们看屏幕，我看他们。我头一次觉得这个叫挖金子的游戏居然这么好玩。

后来直到天黑，直到各家的老人或者妈妈喊着自己的孩子回家，"小脑袋们"才依依不舍地散了。

他们走后，我看着空荡荡的院落，还有点儿不习惯。被他们"吵"了一下午，其实我也被那种单纯的快乐所感染。农村和城里真的不是一个风格啊，村里每个院落白天都是开着大门的，邻居们可以随便串门，而城里，我们可能住好几年，都不知道自己对门是谁。我也没想到一个单机小游戏，会在一个寒冷的冬日下午，让一村的小孩子那么高兴，而我们在城里，玩的东西那么多，却似乎把"简单的高兴"变成了件稀缺的事儿。

三个真实故事之二

按年纪算，我该叫他叔。但按辈分算又不是，我也搞不懂，就干脆叫他叔叔。村子里的老人们因为我是"城里来的娃娃"，也就索性不纠正我的称呼错误。

他很乐观，也很能干。5年来一直在外打工，从汉中到西安到深圳。比起村里的同龄男人，他挺自豪，因为他挣得多，每个月能拿到一千多块钱。是的，一千多块钱。每次提到这件事情时脸上都有种很淳朴的幸福，他对靠自己的能力在外干活赚钱，按时寄钱回来养活孩子老婆，是非常高兴的。

那天他坐在爷爷的沙发上和我爸聊天，他说他新找的工作很好，是一个给电信铺地下线的公司，每天活不很重，钱还不少呢！有多少？两千多。他说他这次回来过年是坐了40多个小时的火车的。我憋在旁边实在忍不住咋舌，惊呼道："40多个小时？那不得坐僵了？"他憨憨地笑，解释说："不会不会，买的是站票，站得酸了就蹲会儿，蹲累了再站站，能自由活动呢。"

他的妻子在他说这些话的时候，温柔地坐在旁边的小凳上，围着火盆笑着看他。后来她说你一年才能回来几天，在外也挺辛苦，要不年过了我也跟你去深圳那边吧，顺便也找份工作——保姆，或者给工地做饭。他不准。他说，你得留在家照顾儿子，等他考上大学了，我就啥工也不做了，回来和你开个小卖部。

两人在炭火前，一起羞涩又默默地笑了，那笑容，春风十里也比不上。

三个真实故事之三

这个孩子学习极好。爷爷很喜欢他，说他把每年的压岁钱都拿来买书，人又懂事，将来一定会有出息。

我问他："你成绩这么好，将来想考什么大学？"他腼腆地看着火盆，不吭声。

我说："清华？北大？交大？复旦？……"

他闷了很久，我以为我把天儿聊凉了，他却突然开口回答了我，说："都不想。"

我问："为什么？你学习这么好肯定考得上。"

他摇摇头："我想上军校。姐姐，我眼睛好，身体也好，体检肯定能过吧？"

我对这对话完全摸不着头脑。只好接道："嗯……你想当军人啊？"

他黝黑的面庞前，一个小火苗蹿了一下，"听人说军校是公费，军校出来管工作。"他坚定地低声说，"我不想再让爸爸打工赚钱供我了，我要为家里省钱。"

写下这三个亲身经历的小故事，我只是想说，不管你理不理解，请尊重任何一个人。这个世界这么大，远比想象中大。人的内心这么软，远比想象中软。在世界的每一个角落，都有人用力地活着，你也许只看到了他们身上的泥土，却没见过他们内心的光亮。

　　这世界是你们的，这世界也是他们的。我们本来，就是一体。

等

她说："要不年过了我也跟你去深圳那边吧，
顺便也找份工作——保姆，或者给工地做饭。"
他说："你得留在家照顾儿子，等他考上大学了，
我就啥工也不做了，回来和你开个小卖部。"

人间烟火

~~~~~

<center>(一)</center>

那天出门时，小区出车的门口那个智能识别杆杆，死活认不出来我的车了，认死理的门卫大叔也很倔强，死活不肯放行，后面堵了一串，喇叭声此起彼伏。我努力刷脸，告诉他大叔啊我就住这里啊，您肯定认识我啊，沟通无果。我那天恰逢心情急躁，不知怎的大发了雷霆，穿着毛衣下车来，在北京只有四度的冷空气里，和穿着棉服的认真大叔大吵一架。

吵赢了。

他同意先放我出去，等我忙完回来再处理。

后来忙完了，我去物业处理早上的情况，发现是我的车入场时没有被识别出来，所以出场必然就不显示。认真大叔也没错，我也没错，唉，只要活得够久，就会发现，生活里的确有很多这样的事，谁都没有错啊，可就是发生了遗憾。

回家安顿好后，我提着一盒黑糖姜茶去敲认真大叔门卫室的小门。他抱着暖气缩在半平方米不到的小玻璃房里，看起来很冷。听到指节叩玻璃的声音，他探头看到我，有一点儿吃惊。

我说，嘿嘿早上对不起，也是我脾气太暴躁。

他说，嘿嘿对不起，也是我上午处理得不好。

我俩都笑了。

我说这是黑糖姜茶，你每天坐这儿也冷，没事泡着喝，暖和。

他说不行不行绝对不能要，其实我也认识你，但就是我们有规定……我也不知道你早上是着急带孩子去医院，实在不好意思。

我俩又都笑了。

我把茶硬是放在屋里的暖气边，跑了。

生活是什么味道？大概就是这个味道。

（二）

在外面逛街，饿了，想就近吃点儿饭，走了几步看见一家客人很多的店。

满满当当坐的都是人啊，想必是好吃。我走进去，点菜，恰好遇老板本人。

我看着菜单，说道，我要一个油饼，油饼里要夹土豆丝……海带……豆腐丝……再来一个粉丝丸子汤……再……

老板停手不记了，抬头认真打量我：俩人吃？

我说一个。

老板手上的笔一放，正色道："那就别点这么多了，你吃不完。菜都挺好的，浪费就可惜了。"说得好认真。

我说好。心中暗乐，为菜高兴。它们在这里，不仅是换钱的货品，也是被尊重的食材。这一点点对自己行业的偏执和偏爱，勾勒出了一个有温度的店的模样。

书中常言，做人啊，要学会不以物喜，不以己悲。这听起来就好像成熟的人就不应该为任何事情较劲一样。然而如若这世上没有了做

某一行的人对某一行的那一点儿偏执、偏爱和坚持，所有的事儿，又还有什么意思呢？

所以，如果有时态度是一种偏见，那么在热爱里，我敬偏见。

（三）

我发现比在机场看到的有趣画面更有趣的是，我年年岁岁对相同画面的不同感受。

刚大学毕业时，很看不得车站机场离别的情侣。

彼时觉得能体会到他们撕心裂肺的分离，心里也会无语问天，为什么给了人们爱，却又给人们别离？我不懂。我也不信有人懂。彼时照见的，是自己心里的绝望和恐惧。

后来结婚后有一阵子，再看到拥吻流泪舍不得放开彼此的机场情侣，心里会傲慢地嘲笑，觉得年轻人啊，各个浑身都是戏。谈个恋爱恨不得山无棱天地合乃敢与君绝，其实两情若是久长时，真不在这些轰轰烈烈里。彼时照见的，其实也只是我自己心里的棱角和戾气。

今天再一次在机场看到一对情侣。男人戴着眼镜，女人长长的波浪卷发，他们抱着不肯分开，很隐忍克制地流泪，一边说着诉不完的情话，一边彼此安慰：

——很快就再见了
——很快，我去看你。

这画面常见，我却突然发现，我变了。我第一次看到情侣眼里的泪水后面，闪着光。那光真挚而美好，不是只有这对有，而是我以前看不见。

我不再有对爱情渴望恐惧又卑微绝望，也不再有假装自己很懂感情无坚不摧，我不再热衷推测一个画面的前因后果，也不再心里判别着别人未来会不会好。我此刻什么别的想法都没有，只是很感恩，感恩这一刻，那份人与人之间的眷恋和依靠所散发的爱的频率，我恰巧有幸路过。一边快步走过，一边默默心里送了最好的祝福给他们。没什么过去未来，所有的，都只在当下一刻。

走进机场，又看到一对老夫妻，老爷爷站得笔直比着V的手势，央求老奶奶给他照相。

几张照毕，他拿过来仔细看手机，然后跟老奶奶提意见说："你把我照得再挺拔一点儿嘛！"老奶奶指着照片气鼓鼓道："很挺拔了呀！"

我忍不住嘴角弯起来，最美的不仅仅是夕阳红，还有人与人之间那份信任和眷恋。这信任和眷恋揉在日常的每一天里，揉在鸡毛蒜皮里，揉在褶皱的皮肤里，揉在彼此的血液里。

这就是人间烟火吧。

活

只要活得够久，就会发现，

生活里的确有很多这样的事，谁都没有错啊，可就是发生了遗憾。

Hi，徐先生

~~~~~~

那年冬天，结婚第五年。我做了一件之前从没想过的事儿。我写了一首歌，自己作词，自己作曲，然后把它录出来，因为想送徐先生一份不太一样的生日礼物。

问：一个完全不懂写歌平常唱歌还跑调的人，如何录制完成一首词曲自作的单曲？

答：还真的是蛮刺激的。

从开始有这个想法到最后实现它，我像做贼一样偷偷摸摸的，避开了所有我和老徐共同认识的音乐人，偷偷找录音棚，偷偷找录音师，偷偷找编曲，偷偷找吉他，偷偷找摄影师，偷偷剪辑，刺激。

　　一个单纯的惊喜，有时候意味着一切都要亲力亲为。要有热爱，要有用心，也要有耐心，穿越自己的怀疑。我是个"开车禅"选手，哈哈，徐先生说我，有人坐禅有人行禅，你开车禅。是啊，我真是一开车就灵感无数，好多点子、句子、想不通的事，都是开车的时候突然接通了神意。比如当某天在北京三环上一如既往被堵得水泄不通的时候，我不知怎么哼起了一个调子。就这样今天大概生长出来三句，明天四句，后天复习。大后天再往后续。就这样，一句一句的，它有了雏形。即使如同刚修成人形的小青和白素贞，扭扭扭，也走不稳一个人模人样的步子一般，这首简直不能称之为曲子的曲子，我却几乎没有犹豫过，管他的，做。

总之，在那个冬日里，天生的胆子就像重获新生一般野蛮生长了起来。也许是我已经过了怕输怕错怕别人眼光的年纪，比起没做到完美，现在的我会更怕的是，给自己留遗憾。

我拿着它去到声堂音频工作室，老板张皓是个热心的北京人。他听完我是要给老公送生日礼物，觉得很有趣，无比支持，但是接下来问题来了，我们激动的讨论完动机后，得聊聊怎么做。

张皓问："你有伴奏吗？"

"……我没有。"

张皓问："你有谱子没？"

"……我没谱。"（真的是没谱子的没谱人啊哈哈哈）

"呃……嗯……你什么时候要？"

"……就今天。而且我八点之前要走，不然要露馅儿的，我老公不知道我在给他准备这个生日礼物。"

张皓"疯"了。一阵抓狂之后，他给我抓来了一个"小和尚"。"小和尚"并不是小和尚的真名，小和尚接了张皓电话，不知道从哪里钻了出来，现身工作室。我们也是第一次见面，见面一聊，才知道，在见我之前，他刚刚着僧袍在寺庙里扫了七天地。

重回凡尘的他第一件事，就是被揪来，帮我刷红尘里的吉他。

而第一遍，他就合出了我想要的感觉。

感谢佛祖。

声堂音频工作室老板　张皓　录音&混音&鼓

吉他手　小和尚

钢琴&沙锤伴奏　璐璐

张皓的媳妇是个安静的美少女。姑娘长发飘飘，本来只是在后面给我们泡茶。突然抱着吉他的小和尚皱皱眉头说，还是感觉缺了点儿什么，来，你来弹中间的钢琴独奏吧。

姑娘扔下手上的烧水壶，就来了，弹得行云流水，看得我目瞪口呆。

我的班子，就这么在十几分钟内建起来，草率得不能再草率，美好得不能再美好，我信人与人之间的缘分。

我们一遍遍地排练，小和尚越弹越有感觉，张皓干脆搬出了手敲鼓。这乐曲，从我一开始的北京路上堵车时哼的调调，变的开始有吉他，有沙锤，有钢琴，有鼓，有笛子。有血，有肉，有心意，有勇气。

我们全都不是专业做音乐的，然而好在音乐从不嫌弃任何有激情的人。大家互相之间配合越来越默契，排了三个小时，一起燃起来。

进棚吧！录！

燃烧吧！不会唱歌的菜鸟！

是的，如果小学四年级因为对歌声自卑而从合唱团逃出来的陈默默，知道二十年后的自己竟然胆大包天地开口唱了歌，还录下来，一定也会惊诧得目瞪口呆。

我依旧不会唱歌，但我敢了。

我成长了。

所以真的很谢谢他。徐先生是对我影响很大的一个人，他宠我，给我家的安全感，也推我往出走，鼓励我找到属于自己的价值的真正安全感。

　　我曾经以为，爱是收缩、对抗、难以自拔、撕心裂肺、眼泪、妥协、想分手却又舍不得、放弃自我；但现在，我知道，爱也是温和、勇敢、互相成全、安全感、舒适，和可以做更好的自己。

　　真的，谢谢你。

　　我把谢意也写进了歌里。进了棚，只录了不到一个小时，就跟做贼一样跑掉了，因为我还要按时赶回家，哄娃娃们睡觉。理想非常丰满，现实非常骨感，但总之，这首歌做出来了。像歌词里写的那样："我想写一首歌给你，不擅长也没关系。"

　　反正……

　　再烂，也不过是难听而已。

心

一个单纯的惊喜，有时候意味着一切都要亲力亲为。
要有热爱，要有用心，也要有耐心，穿越自己的怀疑。

爱不仅仅是爱情

老陈是个说起来就让我很骄傲的男人。

五十多年前，还没有我。十多岁的老陈瘦瘦弱弱，在汉江河畔，每天放牛。他是家中长子，自小懂事，弟弟妹妹还在妈妈怀里赖着吃奶的时候，他已经是赶着牛过河砍柴的一把好手。有次汉江河突然下雨涨了水，被困在河对岸山上放牛的老陈，抓住老水牛的角，趴在老水牛背上，一路凶吉未卜，天黑才从河里回来村庄，捡回一条命。后来老陈这辈子，没有提过什么了不得的感恩之词，只是不太吃牛肉，这便是生命的痕迹。

四十多年前，还没有我。快二十的老陈去当了兵。全县一起去了不少人哇，只有他最后坚持了下来，留在了军营里，一留就是一辈子。我说，爸，是不是因为你很优秀所以当年就你留下来啦？老陈笑而不语，后来我听家人说才知道，他其实是他们那一批里，身体条件很一般的。常年没得吃骨瘦如柴的他在军营里身高体重体能都不达标，考核成绩自然不出色。但老陈想留下，这是他唯一的出路。于是，在当时新兵营训练很辛苦强度很大的情况下，夜里别人都睡了，二十岁不到的老陈又爬起来，去操场上默默地练习扔手雷、练习瞄准。后来，老陈留了下来，真是逆风翻盘，向阳而生。

三十多年前，刚刚有我。家里困难，三十多岁老陈也是新当爸爸啊，那个激动紧张高兴和困啊。据说小时候有一次，爸妈他们照顾

我，实在太困了，两人夜里睡着了，而我裹着厚厚的襁褓自己翻身，从床上掉了下去，他们俩愣是不知道。还不会说话的我哭了几声，发现没人理，索性也就安然在地上睡了一夜，嗯，是真的心大的一家人啊。但翻看小时候照片，能感觉到，他真的是很爱我，童年照片里，很多爸爸抱着我笑得合不拢嘴的照片。而我那对格外恩爱几乎从不吵架的父母，偶尔拌嘴，在我印象里出现最多的拌嘴原因，竟然也是我妈气愤地指着我投诉我爸，你太惯着她了！

十多年前，我十几岁。我们开始吵架，我被骂太倔，他呢，我觉得管太严。我们开始在很多方面谈不拢，我二十出头时，爆发了最严重的争执。世界对我来说，一切都是新的，我要不一样的人生，哪怕看起来不那么安稳！可在我爸看来，年少轻狂谁都会，稳定才是硬道理。于是，我的职业，我的恋人，我的生活，我似乎没有一样可以让他满意。他非常严格，严格到我害怕。我觉得自己已经那么优秀了，完全凭借自己的实力进了北京电视台，拥有一档收视率很不错的日播节目，这不是件容易的事啊。可是在我爸嘴里，一句你有户口吗？我就败得灰头土脸。感情上更是反目为仇的重要一役：我当时爱着一个我爸妈觉得不太能放心把女儿交托的人，其实不是对方不好，只是双方立场不同。就像电影《后来的我们》里周冬雨和井柏然饰演的那对一样，都是好人啊，可就是走不到一起去。不同的是，我这边还多了个爸妈的不认可。于是我和他们争吵，我们挂电话，我们不联系，我们生闷气，我小心隐瞒着感情活得像个特务，他们着急追逐着要答案活得像是猎人。我们就那样不知不觉混成了过年都没法见，三句话就吵的"仇人"。直到后来我分手了，都很久不能在心里原谅。

起初我以为我是不能原谅他们。是的，之后很久我都在心里还怪罪他们，怪他们拆散了我当年的那段感情。可也是在后来的某一天，我猛然发现，我其实一直不能原谅的，是我自己啊！我不能原谅我的懦弱，我不能原谅我的无能，我不能原谅我没有勇气和本领把自己想要的一切守护住……我猛然发现，我该自己承担起我生活里的每一个责任，这件事，不是爸妈逼我做了选择，是我自己。我当时的内心，还不够强大；我当时的行动，也不够坚定。父母也许是有些越俎代庖地催促，可又何尝不是我先六神无主向困难低了头？所有的外境只为了一件事，让你更好地看清你自己。

是的，我该学会自己负责任了，谁都不应该怪，不怪曾经的恋人，不怪那时的父母，甚至都不能怪当初的自己。没有至深的裂痕，也就没有至痛的感悟。

回过头来，爸爸已是两鬓泛白。

我就像是头上的顽云突然散了一样，突然看懂了我曾经看不懂的自己。我身边从来不缺父母的疼爱，只是我曾经的爱的接收器，暂时失了灵。"孩子，长大后你就懂了。"——这句话在我的童年、少年时期，简直可以排在"最反感"榜单第一名。那时候最恨的就是在一场我不服气的争论尾声，被钉上这个标签。青春期的我在心中一次次嗤之以鼻：下什么咒！走着瞧！结果后来发现，我希望别人走着瞧的事情，走着走着，瞧着瞧着，最后时光却说服了自己。

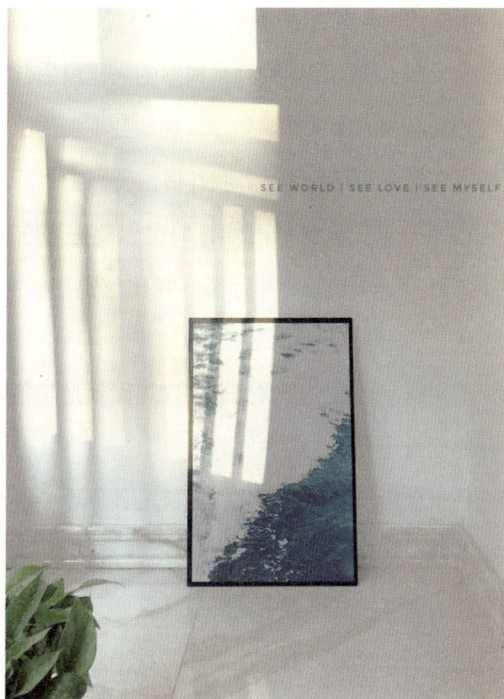

SEE WORLD | SEE LOVE | SEE MYSELF

苍天饶过谁啊，可我不后悔。

我也是慢慢开始变老后才明白了曾经那些爸妈反复强调，可我很不耐烦的，看上去太冷酷的常识；那些当时的我所不能消化的爱；那些我做了坏事还撒谎后他们眼里的落寞；那些他们也是个普通人类，他们也会害怕担心的瞬间；我都开始一件件一桩桩地明白。还有那一个平凡的小家庭为孩子将来要走上社会，倾尽全力编织的，爸妈牌老掉牙爱的毛背心——年少的我们使劲儿地嫌弃着扔着，而成年后的我们自己捡起来穿上，说一声，爸妈，谢谢了。

除了旧的和解，也会有新的感伤。

比如，曾经我在学校门口遇到勒索钱财的高年级生，妈妈出现，我大松一口气，她是我的保护神。如今，她却会不自觉地走在我的身后，出门旅游，遇到突发问题都是等我开口。

比如，记得离开家上大学的时候，妈说你要好好吃菜继续长个儿。后来，我们变得一样高，再后来，我比妈高了，但心里却酸起来。

比如，我不常回家，常常一次离去下次见面就是半年后。每一次见面，都会看到爸妈头上新生的白发。

我想什么是一个人长大了的标志？大概是，你也能看出父母的无力、无奈，和不易了吧。

前两年在路上偶然听到李健唱的那版《父亲写的散文诗》，我一边开车，一边抹眼泪，鼻涕都要哭出来了。找个路边停下来给我爸把歌分享过去，他很快回了个笑脸，说，挺好听。

过了一会儿我爸又问："最近怎么样？"

我说："我也没什么不高兴的事，就是有时候想想，对这个世界会有一点点失望。因为我知道，我身边很多人对我好，和我互动得和谐，是因为我做得好。这个'好'——是相对我自身差的那一面说。因为只有自己知道自己不加控制能差成什么样。我在想如果我没社会身份，如果我面相抱歉，如果我谈吐粗俗，如果我不努力把工作做好，如果我对爱人朋友脾气很差，如果我不会常常微笑，如果我总是不言不语……很多人都会离我而去。——这让我没有安全感……"说着说着，我哽咽了。

我爸安慰道："孩子，我和你妈虽然从小就很少夸你，但是我们心里一直为你骄傲。这个骄傲不仅仅来源于你的成绩，如果有一天你没了现在的一切，爸妈也不会就不喜欢你了，因为我们放心你，我们知道你很努力，也知道你可以。这个世界没有那么好，这个世界也没有那么糟。要是在外面累了，就回家待待，在我们心里，你永远是小孩。"

"在我们心里你永远是小孩"，要知道，这也是一句曾经让叛逆期的我，也恨得咬牙切齿的话啊！

现在呢？

我相信人生会被爱改良。我不再有那么重的戾气，路过喜怒哀乐，心中却常存感激。我之所以不吝啬承认自己曾做过的每一件傻事，是因为我觉得，你们绵长的爱更让我骄傲。

爱不仅仅是爱情。

家

爸妈牌老掉牙爱的毛背心：

"要是在外面累了，就回家待待，在我们心里，你永远是小孩。"

我的朋友不是人

~~~~~~

那天，我的老东家北京电视台发来邀请，想做一个采访，聊聊我和我的宠物。导演先打电话前采，说想了解一下大概都有什么故事，没想到我们这个电话一通就是40分钟。

我曾经觉得，要是没什么典型故事就不配开口落笔，这大概也是多年电视生涯的思维遗毒了。好在这几年清闲时光把我洗得比较好，慢慢能接受自己就算是平凡又平淡，也有一份资格立足这天地间。于是，我应了这次采访，虽然我和猫的故事，平凡得就像在你家隔壁，没什么大风大浪离奇不凡。

但如果这就是生活本来的样子呢？

琐碎中，也会泛起珍珠的光芒啊。

故事要从2007年广院北门朝阳路上的田园烧烤店说起啦。

（一）毛毛

那年我大三，托艺术类专业的福，有一些外快，可以在学校外租间小房子住，也能常常吃点儿食堂以外的东西。广院北门的田园烤吧是我很喜欢的打牙祭的地方，刷蜂蜜的烤面包片蘸着老板的自制奶茶，是那些年月里觉得给自己的最厉害的奖赏。有一天吃完烤串出来，如常回家，并没注意路边又黑又泥的砖块墙。突然，一团小小的白色的东西从那墙角的一个小洞冒冒失失钻出来，怯生生又慌忙忙地"喵喵"叫了几声。我惊呆了，就那样第一次看到了毛毛。

毛毛真好看啊，白色长毛、鸳鸯眼、波斯、眉目舒展、声音软糯。小小的它瘦瘦的，眼睛很大，想要吃东西。哪儿来的一只小猫！

以我后来对它脾气的了解，它肯定是饿坏了，不然绝不敢跑出来。当时也完全看不出来它有多白，脏得就像一块小抹布。愣了一下，我把打包带走的烤肉拿出来了一串喂它。它拖着就往洞里钻，结果钎子当然卡在了洞口啊，它越发着急，还不肯松口，嗷嗷呜呜地。我蹲下来看，哇，这个小家伙真是太可爱了啊。但……掐住念头起身往前走，一路内心交战——我是租房子住的啊，我是在校生啊，我还没有稳定工作啊，我自己都不知道自己将来会在哪儿啊……但，我好喜欢它啊……它的眼神，它的样子，它的喵喵声……就这样走了几百米，停了。

奔跑折返到那个洞前，抱了它。

抱回家洗澡，洗出来很大一盆灰水。

它吓得胆战心惊，我兴奋得不能自已。

我也是有猫的人了！

咱有猫的人！

随后带它去医院检查、打针，那一切过程，我都兴奋得像是个刚生了孩子的妈妈。医生告诉我，我怀里的这个小东西，看牙龄，四个月大。

嗯，那一年我也刚刚20岁，我们都还很年轻。

年轻有年轻的好哇，比如胆子大。

那时候真的没敢多想，但凡要想得周全一点儿，这念头也就黄了。当时的我并不知道自己未来的路在哪里，但是我知道，这个小家伙的余生我照顾定了。后来我发现，于我而言，思前想后的事，很多最后落了个纸上谈兵，而真正想做的，我根本说不出理由。"因为/所以"是我们大脑的游戏啊，而心，很直接。

总之，20岁那年，我瞒着家人，什么也没考虑，去他的，反正我偷偷捡了一只猫。从此以后开启的是每天睡前最后一眼有猫看，醒来第一眼有猫吸的幸福生活。

我在阳台上，它站在阳光里。

我在电脑前，它卧在键盘上。

我在洗澡，它着急得恨不得报警救我。

养过猫的人一定都知道，那一只猫所带来的心里满满的感觉，真是好奇妙。一个居所有了猫，就像是有了一块人体吸铁石。我当时写道："当你觉得人心复杂，回来看看动物的眼睛。"毛毛的眼睛有海的蓝和火焰的橙。

毕业那年，我们整个班都参加了一个央视的专业比赛。

我生性不喜欢被竞争比较，虽然比赛名次不错，但在参赛的日子里我还是开始了夜夜噩梦的恐怖体验。那些噩梦很吓人，情节基本上都是我在街上好好地走着，突然被冲出来的各种人鬼魑魅抓得浑身是血，几乎分尸。

我跟我的专业老师说，对不起，我想退赛，我可能真的不适合上台。一个学播音专业的学生说出这种话大概就像跑步运动员对教练说"我不喜欢跟人比谁跑得快"一样吧。果不其然，老师痛骂一顿："你就这点儿出息！你敢！"

不敢不敢，我大概也是个猫性格吧，哈哈，当时就尿啦，被一吓就缩回洞里，心想，我自己是不是真的太没出息？竞争不是这个社会的常态吗？再说退赛了以后哪个电视台敢要自己？于是就那样煎熬着，不想赢也不想输，却还要逼自己装得很有企图心的样子，争个输赢。

那阵子常常从梦中惊醒，好在，醒来第一眼看到的是站在床边瞪着无邪大眼睛看我，咕噜咕噜的，纯白色的毛毛。有时候阳光照过来，它小小的剪影，身上一圈金光，就像个天使。每每摸到它柔软身躯的瞬间，我噩梦中浑身定住的恐惧便消减了大半。

事隔多年，再回想起来，我反而有了新的看法。彼时还会评判自己脆弱，觉得是自己思想不对，而现在，没有什么不允许。我是即我是，我确实不喜欢。不是怕输，是连赢都讨厌。如果你输过，你会知道那种最终还是成为分母的悲伤。而如果你赢过，你会知道，成为所谓的分子的后怕和孤独。人们常说输赢只是个游戏，然而人生不是吗？何处不是幻相，何处不是游戏呢？游戏分很多种，又为什么非选择以好斗为载体呢？如果我们可以换一种思维方式，从而拥有不一样的实相呢？

思维发生变化的不仅仅是对自己曾经不认同的认同了，也有对自己曾经认同的，坚冰一样锋利的处事方法的反省。

曾经的我没有什么耐心，不自觉的强势和控制欲掩藏着内心的恐惧。我想要求生命中的每一件事都必须按我的意志来，于是对生活的方方面面都多了很多强求。那时候我对毛毛也会有很多很多的管制，这不许那不让，其实有些条条款款的家规，现在想来挺违背动物的本性的。

不知道有多少人初养宠物的时候心智还不是特别成熟？和动物天性较劲，却归咎于是小动物的错？我曾也不自知地在毛毛身上释放着自己成长印记中被过分严厉管教的伤，现在长大一些，回头看看，特别火大特别生气的时候，必须承认，八成是自己心情不好，而不是动物犯了多大的错。所以，从这个角度上来说，又到底是谁在照顾谁呢？

那时候我的生活条件也不比现在，很小的一间合租房，床架子坏了，没有钱买，直接把床板放在地上。毛毛的窝是我自己用窗帘剩下的布缝的，吃的也只是一点点很普通的散装猫粮，可是毛毛没有嫌弃过我。我对它就那么一点点好，但它肯跟我在一起走南闯北。

自己买布买棉花给毛毛缝的窝

我们一起搬过好几次家，也因为工作的变动一起坐飞机去杭州，后来又一起坐飞机回北京。2012年过年，是我和毛毛相伴的第五个年头。那年我刚刚结婚，那一年需要回双方老家，离开的时间有些长，我不想把毛毛送去寄养，怕它不习惯，于是，毛毛又一次跟我坐了飞机，回西安。

我其实一直不太知道飞机上到底把托运的宠物放在哪里，所谓的有氧舱是个什么样子的地方，冷不冷？黑不黑？那次下飞机后，毛毛作为特殊行李，是最后一个送出来的，没上传输带。当我被广播叫着去特殊行李提取处接毛毛时，看到一群空姐围着它看，说好可爱啊好可爱。我走近笼子，看到的是它因为极度惊恐而瞳孔巨大的双眼，一被触摸就瑟瑟发抖的身子，还有一小摊呕吐物。我心疼坏了，不知道到底发生了什么事，无法和它对话，只能用人类的语言尽量地安慰着它。回家之后它在窗帘里躲了两天，才肯出来活动。现在据说大韩航空是唯一的允许主人随身携带自己宠物的航空公司，我听闻有一位朋友就成功地跟自己的宠物一起同乘了三次飞机，希望将来越来越多的航空公司允许我们"毛孩子父母"带娃上机吧，哈哈。

之后，也是那个年，我查出怀孕，鉴于之前有过一次生化妊娠的经历，妇产医院建议静卧保胎。全家得知我怀孕的消息后，都极力阻止我带毛毛回去，我当时气急了，解释猫并不影响怀孕，所谓的弓形虫只有极少数猫才携带，定期免疫一直家养没吃过生肉是肯定不会的……但是后来，我妈妈讲说，不说其他的了，你放心我们一定会照顾好它的，而且，你看它坐一次飞机多难受。

　　我想到那天在机场瑟瑟发抖的毛毛，心里真的难受。虽然我舍不得它，但我确实欠它一份不动荡的生活。那次做了最艰难的决定，把毛毛留在西安的家里。之后回了北京后发现，好像确实是我比较离不开它一点儿，它不在我的孕期说实话心情不是很好，可是它在我家乡却真的是比较开心。我爸妈非常宠它，很快，放着猫抓板不抓把按摩椅一侧抓成马蜂窝……每天都换着法子骗两次罐头吃……毛毛的事迹频频传来。

　　现在毛毛12岁了，因着有时我妈帮我在京照顾孩子，这几年由我妹妹照顾它。前两天妹妹发来信息说，毛毛戏越来越多了：开始只喝温水，不喝凉水；有阵子每晚一点、三点、五点会站到床头喊人起床，要求给它倒热水喝；倒春寒的时候，还要站在电暖气前，而且一定还得给撑把小洋伞。我听得又难过又高兴，难过它确实是老了，高兴宠物会有高要求，说明它能感觉到它在这个家是被爱的。真的非常感谢我的家人一直帮我照顾毛毛。

　　我觉得比起普洱，毛毛更像是我的大儿子，它陪我走过的，是我人生中非常重要的一段青春，它对我的包容、理解和陪伴，也是独一无二的。它陪我看过莫干山路的风景，陪我住过米市巷的4楼，陪我听过电建南园临街的喧闹，陪过我刚刚毕业的日子，陪过我刚刚入行的日子，也陪过我辞职失业的日子。它见过我最多的眼泪，它见过我所有的得意，它陪着我，结了婚，组建了家庭，后来，还陪过我的儿子。

　　我的朋友不是人，但它也有一颗心。爱在里面，怦怦跳。

（二）葫芦

我对毛毛的感情很深，以至于很长时间内我非常抗拒再养猫。
葫芦的出现毫无谋划可言，它像是从天而降。

那天我和徐先生打算去买些观赏鱼。普洱站在门口跟我们说：
"爸爸妈妈，你们不是说过，搬了新家后，给我买一只小猫吗？"

我和徐先生相视一尴尬，普洱表情非常认真，没想到大半年前一次偶然说过的话题，三岁多的孩子默默记了这么久。

　　我说："呃……是的，但是今天我们是去买鱼的呀。"

　　普洱又认真地说："嗯，那没有关系，妈妈，如果我们看到有卖小猫的，我们就买一只嘛。"

　　我和徐先生说："嗯……可以。"

　　就这样，普洱临时加入，坐上了我们的车，一起去了花鸟鱼虫市场。

　　厉害了，一个花鸟鱼虫市场，还真的有卖猫的。

　　两家店相邻，内里上百只大大小小、各色品种的毛孩子，普洱来回转了三圈，都准确坚定地指向同一只："妈妈，就它吧，我们把它带回家吧，它好可爱呀，我喜欢它。"

　　葫芦当时是临时被送进猫舍的一只落单小猫。它被放进了一堆布偶猫的玻璃笼里，布偶猫们一起"喝"它，它吓坏了，挤在一个角落头都不敢抬。大概那个高度刚好可以被普洱看到正脸，普洱非常笃定，就是它，它好可爱。

　　就这样，蔫不拉几、臊眉搭眼的葫芦跟我们回了家，普洱起名说："猫妹妹就叫'葫芦'吧！"

　　啊哈，猫妹妹葫芦！其实我也有点儿兴奋，我也终于是又有"女儿"又有猫的人了！哈哈哈哈哈。

　　这个梦也就做了……三个月吧。

葫芦的性别是个乌龙。

买的时候，卖猫的人跟我们说这是只小母猫，于是一直想要女儿的我几乎就是把它当女儿来看的，跟它说话都不由自主的温柔了很多，想着，女孩子嘛，要温柔，要温柔。

丈母娘的心情大家了解一下？我前阵子心里每天都想，到底让不让我的葫芦生一窝小猫呢？生吧，心疼"她"会受苦；不生吧，觉得是不是剥夺了"她"的猫生；生出来之后把小猫送走它会不会伤心？不送走吧，家里一窝猫可怎么办？包括最近，春天来了，我家院里但凡来了流浪猫，我都觉得是来勾引我家葫芦的……内心戏可以说是很多啊。

结果，那天我朋友满满和晓丹来我家玩。

进门前满满还在跟我们讲，说她的一个朋友，养了好久，都不知道自己养的是公猫，一直以为自己养的是母猫。我当时笑得最欢了，我说哈哈怎么会有这样的事情！

笑到回家打开门，满满和晓丹俩人一愣，说，你家喵小蛋蛋都长出来了你看不出来是公猫啊！

大家可以想象一下我当时的晴天霹雳，请自己在脑海中给我加个五毛钱的特效。

小公猫葫芦身份大白，但是不影响它的暖，它居然会帮我哄孩子。龙井刚上幼儿园的那阵子，非常焦虑，本来都是可以一觉睡到自然醒的宝宝，竟然开启了夜哭模式。大半夜他扯着嗓子哭的声音跟警报差不多，而且无论怎么安慰都哄不好。我身心俱疲，提心吊胆，睡

眠被打得稀碎，安慰自己，传说中的退行性行为焦虑期，熬一熬，熬
一熬……但是怎么熬啊！你三天不睡觉试试啊！我整个人都不好了，
但没想到各种育儿宝典的长篇大论教方法讲道理都没办法缓解的大难
题，竟然是被葫芦小猫解决的。

　　那晚龙井又一次半夜哭了，我坐在他的小床边上，哄了很久，突
然，儿童房的门开了一个小缝，光从外面照进来，一个小小的身影从
光里钻了进来。葫芦进来之后，跳上龙井的小床，窝在龙井身边，咕

噜咕噜。一秒，就这一秒，一秒结束战斗。

龙井迷迷糊糊中摸到小猫，好像整个人一下子安心放松下来，小手手在小猫身上轻轻地摸着，深吸了一口气，睡着了。我非常惊诧地站在旁边看着全过程，感觉像在看一场午夜奇幻秀。不可置信也罢，阴差阳错也好，这事情就像奇迹一样发生了。

从那天之后，连续两天，我都是派出葫芦大将来出马。其实并不是我派的，只是我会把门开一个小缝，大概十几秒钟，葫芦就会不知道从哪儿冒出来抵达战场，窝在龙井身边，强力治愈。就这样过了两三晚后，龙井的夜哭，彻底好了。

我膜拜一般给葫芦喂食时多加了个鸡腿，看它吃得有滋有味的样子，心里觉得好感动，也就吃了我三个月猫粮，居然开始为家里做贡献了，我的天。

有句话说，最美的人在于美却不自知的样子，相比于那些"你看我帅不帅""你看我美不美"眼神狂狷邪魅的，对自身魅力的自然流露反而让人觉得这才是真正魅力的源头。我觉得暖感也是。

很多猫猫狗狗小动物之所以让人觉得感动，也正是他们这种暖却不自知的特质。他们暖就暖了，做就做了，坦坦荡荡，转身就忘，爱就是爱，从不夹枪带棒。所有行为的背后，没有那么多复杂的情绪因素，尘归尘，土归土；乖归乖，闹归闹，单纯易懂，没有潜台词。他们不会说人话，可是能量场会替他们说话。你没有听到他们说了什么，但你能看到他们做了什么。

Be simple, be real（做简单、真实的自己）。这也是我的动物朋友教我的事。

还有很多很多的故事，几天都说不完，就不一一啰唆了。总之我觉得，葫芦它真的改变了我很多。很长一段时间，我对在家里待着其实是很烦躁的，觉得自己的人生因为结婚生子而完全被改变了轨迹，再也没办法在外面大展身手。而葫芦到来后，我好像一下子思绪从天上降了下来。我不再想那些如果了，也不再纠结那些凭什么、为什么了，我非常开心地每天在家逗它，如果说内心平静处就是行禅，那我必须感谢葫芦帮我带来猫禅；如果说欢笑声是你对这个世界最大的贡献，那我必须感谢葫芦带给我那么多欢乐。

有时候一些长辈们不太能理解这种情感，会说你不养孩子养个猫狗做什么！像我这种结了婚有了孩子的，我妈也有说辞，她前阵子刚见到葫芦的时候，说，"现在这些猫狗，命太好了，你看看，你对它跟养娃一样的，还自动喂食器、自动喂水器，啧啧啧。你就惯着它吧啊！"我知道长辈有时候真的也是不太会表达"感慨"这件事，于是我跟她说："哈哈，妈，你应该感到庆幸呀。我连对一只猫都能这么好，说明我生活幸福，物资充足，心地善良，有耐心不焦虑啊。闺女这么好，这不是开心事儿嘛。"

　　不是吗？

　　我的朋友不是人，可那又有什么关系呐？

居

一个居所有了猫，就像是有了一块人体吸铁石。

"当你觉得人心复杂，回来看看动物的眼睛。"

不是家乡的家乡

~~~~~~~~

　　我大学毕业的第一份工作，是浙江电视台《1818黄金眼》的主播。因为这档节目，我在杭州住了一年多，虽不是家乡，却莫名情深，以至于需要再到杭州去的时候，明明没有任何亲戚在那里，却每每总是喜欢说，我回杭州了。

　　想象中的再回杭州，是意气风发，是淡然不语，是感慨万千，是相见不如怀念，是怀念不如相见……是有着十八般不同色彩。而现实中，再回杭州，是公务缠身，是行踪匆匆，是来不及感慨，来不及回味，来不及回莫干山路111号骚扰一下1818的各位同仁，来不及听南屏晚钟，赏断桥残雪，来不及龙井喝茶，乌镇品江南，是满肚子遗憾匆匆赶上回京的飞机。

　　杭州依然到处是湿冷湿冷的空气，满街翠绿翠绿的植物，永远打不着的出租车，好吃到次次要排队的外婆家。连着两天，我都心里念着，想看看自己曾经主持的节目《1818黄金眼》，却都没赶上。那时段我基本都在路上，走着走着偶见路边小店里的小电视正在民生休闲频道上，我就放慢脚步瞄两眼。可我又不敢大大方方站在电视前面等，我怕小老板突然说，咦，你是不是就是那个跑了的主播？

　　嘻嘻，我没有跑哇，之所以很多人留言问，你为什么跑了？我知道，是大家太爱我。被人喜欢真的是一种福气，我记忆里的杭州怎么会不暖呢？你们就是我的暖气。我也爱杭州啊，这里是最初接纳包容自校园毕业的我的地方，是看我一路长大的地方，是我不是家乡的家乡。

杭州，我把它叫作不是家乡的家乡。在杭州我喜爱的地方很多，美景也很多。但最爱的，始终还是天竺山的法喜寺。灵隐寺大名在外，相比之下距离它很近的法喜寺知名度就低太多了，但好处是，游人也少多了。比起灵隐寺强烈的旅游景点的气质，法喜寺的气质更像寺庙，就是寺庙。我大爱法喜寺门口的四个大字"莫向外求"，也曾有幸赶上过上天竺法喜寺的晚课，非常喜爱。以至于之后每次再回杭州，我都必去法喜寺。因缘而见，因缘而聚。喜欢那里不是因为有事可求，而是因为来即心安。

法喜寺的走法，是见到灵隐寺之后大约再步行半个小时的路程，一路风景如春，还会路过"三生石"。拐过几个弯，藏在山上的庙门就展现在眼前了，第一次去的时候，我曾见到一个披着袈裟的僧人手执扫帚打扫地上金黄的落叶，像极了一幅国画。寺庙里鲜见香客，斋堂里桌椅摆得整整齐齐，随处可见供香客免费领取的佛教普及书籍。记得那次赶上上天竺的晚课，上百僧人外加七八个游客，在领头诵经僧人空灵的声音中开始了诵经。那一刻我真的明白了什么叫作天籁。无修饰，无技巧，无杂质，无喜无悲，天籁。

我佛教知识甚少只是之前看过几本像《佛泽》这样的书，所以快两个小时的晚课结束后，我连一起跟着诵念的经是什么都不知道，但是心里静得出奇，静得很舒服，淡淡的，像在法喜寺抬头看到的那片天。出门时看到法喜寺路边随处可见的小木牌，上面都写着一些佛法感悟。我只记住了其中一句：

佛不是教你什么都无所求，而是学会知足。

我想，什么样的时段看懂什么样的话，此时此刻，看到这里的你，大概也是些冥冥之中刚好到了的缘分吧。

说到知足。我也曾有过很痛苦的时光。

生了孩子以后，我对生活的满意度降到了人生最低。我觉得，自己的一切生活被搅乱，我再也不能像以前那样睡，工作也不能像以前那样干，街也不能像以前那样逛，钱也不能像以前那样花，时间精力全部身不由己。我虽然很爱孩子，但是我也不能不爱自己啊。

还记得有一次又回杭州以后，整个人散德行。住在好朋友开在龙井村茶园里的民宿中，喝了三瓶酒，看了三部电影，和好友点着蜡烛坐院子里聊到半夜。然后，昏了一样地睡过去。早上难得的自然醒，难得的有自己的时间和空间可以畅快阅读，难得安安静静，不用说话，不用听话，没什么必须要做的事情，只用安静地呼吸就好。我站在窗边，喝一口热茶，感受窗外茶园空气微动，灵隐鸟语花香，昨夜杭州大雨，今日满地桂花。我当时心中悲愤难平，想，这些本是我曾经稀松平常的自在日常。现在稀奇的，要用肺来深呼吸。

就这样过了好几天，我开始有些腻了，想换个地方待待，便启程去了杭州旁边的西塘，一个好朋友推荐这里，她说，她去那里，喜欢得想住下。结果，几小时车程后，我见到了西塘。大概是我打开的方式不对，西塘吵到，我要疯了。

一进西塘古镇，就是人，随便一出客栈的门口，更是随处可见的人群。

看着没完没了的人流如织，看着千篇一律的油炸小吃，看着一模一样的义乌小商品市场批发货，看着充斥俗套律动的酒吧街，看着文艺青年们在这里为赋新词强悲歌，我感觉到，我老到，已经不能欣赏这种年轻的躁动了。此时此刻，满街咖啡厅，我只想喝一碗热老火汤。此时此刻，满街找艳遇找生活的脸，我只想躲回房间里好好赶我的稿子。

很快，夜晚来临。

我住的是当地一个不错的客栈，在西塘这样的地方算价格不菲，房间设计也很奇特。房间带一个小院。小院里种满了植物，样子很美好，但我内心很惊恐。小院子是半高的墙壁，嗯，也就是说，如果有人想翻进来，并不费力。而这个小院和我睡的房间之间的玻璃门，是无法锁上的。所以，夜不闭户，多少复古者的理想，我竟然今晚要实现了。但我一点儿也高兴不起来，给客栈老板发短信，说了一下屋子锁不了门的情况，我有点儿害怕。老板安慰我的话回复得很及时，但安慰完我，我更慌了，他回短信道：

"整个院子住的都是女孩子，就你和你男朋友是两个人，你还说怕？"

"老板，你回错信息了。"

老板一看就是见过大世面的人，发现自己回错信息了，立即更正曰：

"啊，是北京来的陈小姐啊，没关系，我们这里很安全的。"

呵呵，严谨，毫无破绽，很有说服力。

我当晚失眠模式开启。到凌晨三点尚无法安睡，总怕自己这一觉睡着了，发生什么值得上社会民生新闻的事情。躺在床上，心里想家想得不得了，给徐先生发了信息，

他回：哈哈哈哈啊哈哈哈哈哈哈哈哈哈哈哈哈哈哈哈。

等他笑够了，他又发来一条，说，那就回来吧。我很郁闷，我说我是出来写稿子的，我房钱都交了好几天的。徐先生说，不重要，想回来就回来。明天一早就回来。

回北京的高铁上，我吃了一路的零食，看了快六个小时的书，发了足够让自己舒服的呆。再次想起法喜寺门口那句话：莫向外求。

是，我活了小半生，竟仿佛从不认识自己。我看山看水看世界，却很少好好看看我自己。我在今天羡慕着明天，在明天怀念着昨天，我竭尽全力地去挣脱所有我认为的束缚，却忘了，其实我才是我一切实相的创造者。

我什么时候，变得永远在渴望，永远在追逐，永远在焦虑？

2012年，我坐在一个被人艳羡的名利圈里，每天在电视上说话，经常结识很多人想认识的名人，但对这个世界很没爱，觉得一切

都是那么的虚伪。不想上班，不想录像，不懂珍惜，不想看到任何明天，甚至盼望着2012年世界末日是真的，我身边很多人争着抢着想要上节目，而我有一天蹲在我家浴缸里，跟我的节目总监，打了四十多分钟的电话，哀求说：求您了，我想少上点儿节目，我想休假，我觉得我不适合做这行。

我的老领导他大概当时烦死我了，而我当时也是真烦死那样的生活了。我那时候最羡慕的，恰恰是我今天这样的生活啊。我大概也就是从那时候开始，特别特别地想结婚，想生孩子。想每天下班家里亮着灯，有热饭，有人等你回家，有人在意你有没有回家。那时候最大的愿望，是希望有一个和我真心相爱的人娶我，一起过日子，生孩子，不用再为了挣点儿钱在镜头前说着模仿别人腔调的话。

后来这个愿望实现了。但愿望变成现实后，我却几乎失忆了。我又开始了新一轮的不舒服，我抱怨生活，抱怨限制，抱怨自己不能过自己想过的日子。把自己心里这头不知足又不勤奋的怪兽拉出来看，真难堪啊。然而，的确是陡然发现，自己前半生，几乎在做的就是，不舒心就分手，不喜欢就逃避。和人，和事儿，和自己。

轻易就分手随便就抱怨了小半辈子，才发现原来是自己一直不敢为自己的人生负起全责。扬手就给摔了，拔腿就能跑了，那不叫破困局。在所有看似充满限制的环境里，永不放弃、永不退出、永不设限地寻找突破的可能性，这是真正的成长啊。

有句我很喜欢的话说："我们总是喜欢拿'顺其自然'来敷衍人生道路上的荆棘坎坷，却很少承认，真正的顺其自然，其实是竭尽所能之后的不强求，而非两手一摊的不作为。"我觉得这句话可以和"莫向外求"连起来一起看。向内看，不是让你什么都不做，而是知道自己到底在做什么。

"也许你依然是那个寒山寺的和尚，只是庙堂搬到了庙外，木鱼换成了键盘。"

根不在任何一个叫作家乡的地方，根在自己心里。

长

扬手就给摔了，拔腿就能跑了，那不叫破困局。

在所有看似充满限制的环境里，

永不放弃、永不退出、永不设限地寻找突破的可能性，这是真正的成长啊。

CHAPTER TWO

来来来，做些傻事吧，
你那么聪明给谁看？

人要是有态度，就一定会有敌人。
那你后悔表达自己的态度了吗？
不后悔。
去看看大自然。万物生长，谁曾在意旁侧眼光？

Hi，
又是徐先生｜还要说老徐

结婚七年了，妈呀，七年。

真的没想到转眼这么久了。当时刚认识他时，他30岁我不到25，那时候觉得他好老，心想，这人都30岁了！

而转眼我自己也30了。

平常我真的很少夸徐老师的好，总觉得他的温柔、他的好、他的甜在我心里就好，说出来给人看太刻意。但回首看过往照片，突然发现，刻意藏着不说，也是另一种刻意。我不想活在非左即右的刻意里。爱本是那么自然的事情呀！

他是结婚纪念日记得比我还清楚的人。

他是大大小小节日都非要给我送礼物的人。

他是喜欢我不化妆的样子的人。

他是鼓励我做自己的人。

他是教我开车，教我游泳，教我喝茶，教我学会平静面对情绪的人。

他也是会跟我偶尔闹别扭的人。

他是让我安心，让我敬佩的人。

在社会上越久，越佩服老徐。初识他时，只当他一切是好运；认识之后，看到他好运之外的勤勉敬业。再后来相处得久了，觉得所有形容词都可以烟消云散了，因为他身上所发生的一切可以被人们称为奇迹的好事，都只有两个字可以概括：

他值。

我大概有三年时间，在家里除了喂奶抱孩子以及读研究生，没做什么。三年后再出来，见过不少人人鬼鬼，只觉得，跟这个社会接触越深，便越佩服老徐。老徐现在是个商人，经营一家音乐公司。我最佩服他的是，他遇到问题的时候，并不会被情绪卡住，而是不断寻找还有什么可能性。他不讲假话，但他肚子里撑下的船，可能比我见过的都多。他是那么敢，却也实实在在，不玩尔虞我诈。他的优点太多，可以明目张胆地夸很久。他的缺点也太明显，以至于我翻看刚结婚那年，在那场舆论风波战时我给他写的文章（见文末《写给你》），他当时愣头青到让我头疼的模样还清晰地浮现在眼前。

那年不知道有多少人记得，有个叫《非你莫属》的节目，来了一位叫刘莉莉的选手。当年的绍刚老师还不是现在《吐槽大会》上自黑到发红的绍刚，一场跟剪辑有很大关系的"逼问"节目播出后，绍刚老师被全网开骂。节目组一直没出来发声，作为同一个节目的工作人员，也作为张绍刚老师的学生的徐睿忍不住了，他跳出来用满篇错别字的文笔，耿直到我觉得有点儿傻地写了一篇替张绍刚鸣不平的文章。那时候，他是全网第一个敢公开发声支持绍刚老师的人，理所当然，他收到了前所未有的攻击，以至于我们婚礼前夕，都不断地有人在我的微博下辱骂，甚至有人给他发去死亡威胁。而当时他所做的一切，说实话我非常不解，我问他为什么，明明战火没烧到你身上你却要挡枪？他说，我真不是为了蹭什么热度，你知道我不是那种人。那期节目我在现场，我看不过去录节目的时候绍刚冲在前面，出了事情没一个人替他说话。

　　现在的老徐，已经不是当年的小徐了。现在的他低调而沉稳，做事情也多了很多方法。不知道他还记不记得当年为了义气被骂到狗血淋头的自己，反正我仍然记得当年的那个他。那个他，傻到吓到了我，但那个他，也用自身给我上了一课。后来的岁月里，我发现，生活得克制满身背负家教行规的我，内心深处其实是多么渴望做他那样的人——管它得失胜负，老子不能负了良心。老徐教会我的，恰恰是一个"敢"字；而我教会老徐的，可能是一个"放"字。

七年时间过去，我们的性情和容颜，都有变化。有一日还会注视着对方满脸皱纹和白发。我依旧是那么怕老啊。我不怕死，可我怕平庸、衰弱、疲态、力不从心和被世界遗弃。是的我并没有胆子从容淡定地将青春褪去。但想到这一条路上有他陪着，也就觉得，有胆试着走走看。

附：《写给你》

——2012年，写在《非你莫属》刘莉莉事件之后。

一、写给你。

从艳照门里自嘲很傻很天真泣不成声的阿娇，到药家鑫事件里开微博解释自己非官非富的药父，总有一群人孜孜不倦日日以要求＂道歉＂为己任。阿娇道歉了，那些看也看了骂也骂了的终于散了，带着心满意足和硬盘里的心猿意马；药父道歉了，那些咒骂他这个爹怎还有脸活在世上的终于散了，带着替天行道般的成就感转身而去。

我也曾无知无畏地谴责过那被联防队员强奸了妻子自己躲在旁不敢出声的男人，而看了后续报道，突然觉察，彼时于我是舌尖上的快感，此刻于人正是难抹去的终生阴影。往往正在口舌上消遣地快活，都是别人最切肤的日子。风波总会过去，你第二十顿饭后早已忘记自己当日是如何义愤填膺，谁还记得，那年闹市说抱歉的璩美凤。

我愿意相信每每这么多的愤怒和呐喊本心都是希望这个世界会更好，只是这个世界会更好，从来都不是因为咒骂和仇恨。小时候看龙应台的《中国人你为什么不生气》，牢牢记住了那句"……只要不杀到自己床边宁可闭着眼睛假寐"，而最近不巧看到某些人的另一个极端：从未见得有人那么关心自己的公民权利，却总在一些道德范畴上太爱生气。你我他我们自己的生活里掺杂着动作片、伦理片、纪录片、爱情片、文艺片、三级片，而我们却只许别人的频道上演动画片。

如同看一个人的药方里哪味药下得猛或许可以借此推断出这个人得了什么病一样的道理，对"必须给我们道歉！"如此渴望，也许真正的原因，是在生活里我们该得到的道歉，太少太少了，而忍气吞声道出去的歉，太多太多了。当网络开始风行一旦观念不合，人多的一方便集体勒令对方道歉时，我努力不去回想20世纪60年代那些特殊的日子。在网络世界里键盘敲得欢的你，在茶余饭后的世界里难听话说得欢的你，只希望在现实的世界，你也没那么容易低头折腰，违心示好。

你也许不信，但我们的确都希望，这个世界变得更好。

二、也是写给你。

当年弘治十二年，唐伯虎的三十岁，从风光考中解元，到永生不得为吏，再到决心与书画为生，我想，他的心里和此刻的你也许是有些相通之处。

有句特别无理的话这几年盛行于年轻人中，叫作"认真你就输了。"我一向很纳闷，什么样的心理催出年轻人流行这样的话。足球比赛有输赢，可是活法哪儿有什么输赢。非要谈输赢，贫穷是富人眼里的输，专情是花花公子眼里的输，卸甲归田是权力爱好者眼里的输，认真是混事年代眼里的输。可是你，偏偏就是一个认真人。有时候看你，觉得你特别聪明。你了解游戏的规则熟知背后的猫腻。

有时候看你，觉得你特别傻。别人当作营生的手段，你视作理想真情实意。

如果不是认识你，我一定不会知道你是一个地震第三天就自驾去汉旺九龙送水送面包，一待就是好多天回来却一句不说的人。

如果不是认识你，我一定不会知道你是一个听说了朋友工作上出问题主动打去要帮忙，说我给不了太多但一个月帮你养一两个员工可能还是够得的人。

如果不是认识你，我一定不会知道你是一个两年来捐钱捐物给藏区的小朋友，在网上看到山区的孩子冬天穿着开胶的旧鞋第一时间打电话买鞋的人。

如果不是认识你，我一定不会知道，那个因腿伤病了没法再干活的小时工阿姨，是你送了药送了钱催着去医院看病。

当然，你也有很多缺点。你对你认为对的，坚持起来拧得像头牛。你对你认为错的，打人专打脸。你自己做事要求敬业不点灯，于是也就坚决不许州官放火。你说话太直，有时候满天飞刀了还不自知。你写得一手好毛笔字十年来每天都看书，却发个微博马马虎虎满篇尽见错别字。年初时我们争论到底什么是真诚，什么是讨巧，什么是聪明，什么是普世价值观，什么是善良，什么是人文关怀。我说，你不能要求每个人都和你想法一样。你说，所以他们也不能要求别人想法和他们一样。我说，风口浪尖，换作我，我就不说话了。你说，要表达自己的声音，人不能没有态度。

对讲究中庸的中国人来说，打落门牙往肚里吞似乎已经成为一个公认的安全活法，我也在为五斗米折腰后渐渐懂得乖巧讨好装疯卖傻，所以当看到有人选择将被打落的门牙"呸"的一口吐出来时，我有心疼，有担心，也有敬佩。因为我不敢。

在这个圈子里待了这么些年，我见过很多无比爱惜自己羽毛的孔雀，私下不管怎么做些见不得人的举动，台面上也都是风光无限、体面儒雅。我不点名，信与不信，他们就在那儿。笑得温柔体贴，惹人

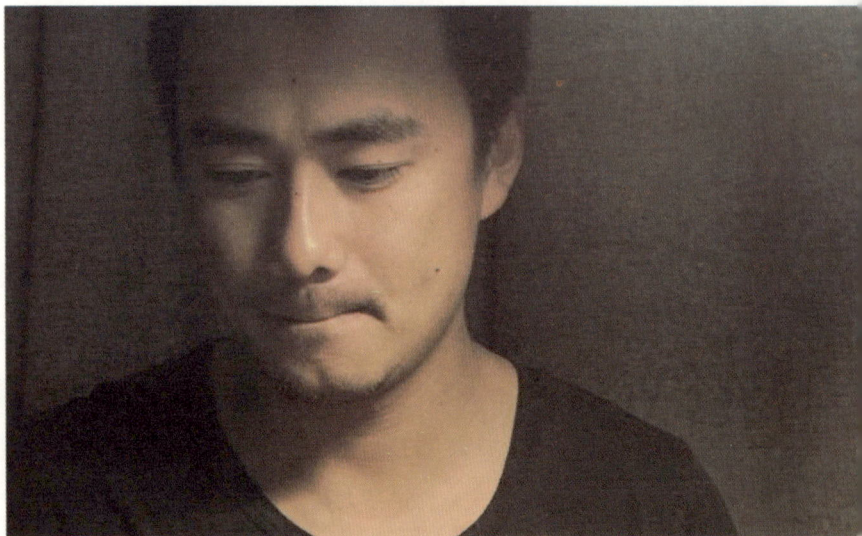

喜爱崇拜。

　　而我见过最不把自己羽毛当回事儿的孔雀，非你莫属。不认识你时以为你是一个多么复杂甚至偏坏的人，认识才知，原来太简单，简单到把脸色和城府全摆在台面上了。

　　哪种方式更适合和谐安稳地活在现世，难评对错。但对于每一个还在坚持理想，对这个世界还有那么点儿想法的人来说，不论是外圆内方，还是外方内圆，可能终究最难过的，莫过于无法被人理解，其实内心都是为了一份简单的安全感。也许最合适的活法，是几十年后，白发苍苍坐在家中，回想起当年的那一出又一出的闹哄哄你方唱罢我登场，贫贱也好，富贵也罢，无愧于心，无悔于心而已。

桃花坞里桃花庵，桃花庵下桃花仙。桃花仙人种桃树，又摘桃花换酒钱。

酒醒只在花前坐，酒醉还来花下眠。半醉半醒日复日，花落花开年复年。

但愿老死花酒间，不愿鞠躬车马前。车尘马足显著事，酒盏花枝隐士缘。

若将富贵比贫贱，一在平地一在天。若将贫贱比车马，他得驱驰我得闲。

世人笑我太疯癫，我笑他人看不穿。不见五陵豪杰墓，无花无酒锄作田。

——[明]唐寅《桃花庵歌》

声

你说，
要表达自己的声音，人不能没有态度。

"提及年少一词，应与平庸相斥。"

~~~~~

去年回家，我瞄见一个装着我初高中日记本的带锁的抽屉还安安静静地躺在那里。

我本以为十几岁的我写了多少情情爱爱啊，翻箱倒柜找出钥匙打开锁，谁料大半记载的是青春锃亮的梦想。当下惭愧，长大后的我竟会以如此平庸的设想去揣测当年的热血少女。

我原以为，成人后的世界回头去看那些小时候，会觉得好笑，会有优越感，会产生自己怎么曾经这么幼稚的超脱感。结果呢？根本不是！你有想过，当老了一点儿的自己遇到年轻一点儿的自己会怎样吗？好多年前，天涯八卦论坛还火的时候，有过一篇帖子记得叫《对不起我要回1997年了》，一个声称穿越时空的楼主，收到了无数人留下的给1997年的自己要带回去的口信，看的人唏嘘不已。而现在，1997年出生的王一博都已经亭亭玉立地圈粉了。如果能捎话，你会给年轻时候的自己叮嘱点儿什么呢？别跟XX谈恋爱？要坚持XX事？砸锅卖铁先买房？你做得很好加油？

我想了好久，思绪翻腾。千言万语汇成十个字，写在最后，好孩子先别跳页去翻，嘻嘻。

前段时间热播的腾讯视频《创造101》，其实也是一个激起了很多人梦想的节目。101的故事核心是，从全国选出了101个想要作为女团成员出道的女孩子，集中训练比赛，让观众看到偶像是如何长成与成长的。偶像文化也被称爱豆文化，起源于日韩，是一种不太同于明星和粉丝之间的感觉。明星和粉丝之间还有些高高在上，而爱豆文化的感觉大概有一点儿养成游戏般的鼓励："谢谢你拼命支持我，我也会拼命努力实现梦想给你看！"

所以，我觉得创造101火根本不是火在女团上，也不是女色上，101火是因为梦想。它激起了全民的青春梦想。不要一提到梦想就觉得是赔钱货，事实上，梦想就是用来实现的。我的朋友玛雅历导师冯悄悄有句话说得好："你知道吗？每个人自带天赋才华。天赋才华就是要拿来当饭吃的，如果你不靠天赋才华赚钱，宇宙就会用辛苦和憋屈提醒你。"

节目里的姑娘们，都很有梦想。但有两个现象级的人物特别醒目，一个是毫不犹豫示弱的杨超越，一个是从不轻易言败的王菊。

喜欢杨超越的人掏心掏肺，讨厌杨超越的人骂天骂地。

喜欢杨超越的人，喜欢她好看，有趣，接地气，不装，和别人家那些训练有素的准艺人的样子不一样。是，看了视野对杨超越老家和父亲的采访视频，我突然发现她说她来自村里，她想成为全村的希望真的不是装的。而讨厌杨超越的人们诟病的点大多是，"凭什么她什么都不行，光靠卖惨就比那些努力的人都要红？"对啊，职场对杨超越的宽容，在现实生活里比鬼都少见。现实生活中很多很多人被灌输的是"你要非常用力，才能显得毫不费力"，谁何尝没有过对杨超越这种神一样的运气的渴望？可是大多数人从小到大不是都被告知，这是在做梦吗？哦好了，我擦干眼泪不做梦了，你却给我看个做梦做到起飞的！我大题都艰难地解到一半了，你告诉我我审错题了？不掀了考桌才怪！

但我觉得，这都不是杨超越的价值。杨超越真正的厉害之处在于，她永远只聚焦对她而言正面有利的事物。这是一项非常厉害的技能，吸引力法则里讲来讲去其实精髓也就是教大家，你关注的点会吸引相应的境遇来到。这是一个强大的隐藏技能，可能杨超越自己都没注意，她最厉害的当然不是唱歌跳舞，也不太是长得好看和性格奇妙，而是她永远只看好的方面。这种意识所带来的好运，就够吃一辈子了。

你注意过吗？她从不盯着别人诟病她的方面，从不在意社会规则怎么定义竞争和职场，她只看爱她的人。某次公演，她在台上哭着唱了一段前无古人后无来者的跑调调调，说为的是回馈支持她爱她的人。当时都已经跑调给全场听一次了，她本可以不再"丢这个人"去解释什么的——如果她在意所谓形象完美的话。但是如果她在意所谓形象的完美，她则会被负面评价瞬间淹没，就再也不是明知车祸现场但是敢说自己顶天立地的杨超越了。

在她身上，你可以看到一种狗屎一样的运气、鲜花一样的天赋、初化冰川一样的无经验，和野草一般的生存哲学，它们完美结合，野火烧不尽，春风吹又生。

就像是一个女版许三多。

是的别忘了许三多，当年《士兵突击》出来的时候，隔壁班的成才样样都行，可是人人偏偏都爱许三多。为什么啊？因为这个世界，追逐梦想是所有人身上最贵的奢侈品，赤子之心是所有成年人最后的童话。不抛弃，不放弃——人们喜闻乐见成长的荣耀，梦想的绽放，哪怕一路上跌跌撞撞，摔得鼻青脸肿——也好过做一个机心算尽思毫不吃亏的无聊大人啊！

杨超越是来学着做少女偶像的，结果她第一次跳舞考核就吓崩溃了，在镜头前哭得毫无表情管理可言。肯丢人丢成个笑话给全国观众

看，而且是一次次的，这是她的弱势，也是她的强大啊。

我相信杨超越是一定会真的顶天立地的，只是时间关系。而讨厌杨超越不如学习杨超越的聚焦思维，有些天赋和长相是学不来了，但是，在梦想路上，学会只对积极思想做正面回应，是人人值得收藏的技能。

再说菊姐。菊姐其实特别会说话，不知道是不是经纪人出身的缘故。黄子韬有一期挖坑问她，"既然你说交到了好朋友，你说说这里谁是你的好朋友啊。"菊姐左一下右一下的太极，回答得滴水不漏，但也确实太官方了些。但菊姐不是为假而假的，菊姐身上，除了梦想两个字闪闪发亮，求生欲也是一路在线，24小时不掉线。她就像一个战士一样，盯着前方炮火，目标非常清晰：生还。她一开始明知自己被节目当炮灰用，但也靠着强大的生存欲混到了最后。菊姐虽然拥有大量"陶渊明"，但是一点儿都不清高，为了生存能弯能直，不脆不吹不易折。她最让人欣赏的，是第一次淘汰赛的时候，姑娘们穿成粉红色抱成一团，都哭得梨花带雨，有人因为压力大心态早崩，有人知道自己气数已尽不再挣扎。节目出了个特别考验中国人的环节，让已经被淘汰的人，面对二次淘汰的暴击，自己说想不想留下来。我说这个环节考验中国人，因为我们中国人几千年的思想是含蓄要面子啊，不敢直接地表达自己的渴望啊……多少姑娘话到嘴边还是咽了回去，怕说了想要留下而没留下结果再丢一次人，只有菊姐，没哭没闹没扯闲篇，情绪稳定大大方方地说出，我想留下来。

菊姐是不怕丢那个人的。

要是怕丢人，菊姐早就不来了。菊姐知道什么比面子更重要，那是自己的梦想。我们有多少人在梦想面前甚至不敢说出自己的渴望？即使有隐形的翅膀，但你只会跟着别人一起嘲笑，又怎么可能真正地飞翔？

菊姐是一次次奔着"死"去的，结果她反而"生"了。菊姐这一路的打拼经历，也是梦想破土而出的样本，如果你真的想要一样东西，那就至少为自己坚持一次，一次如果不行，那就两次。如果还不行，那就三次，四次，五次，六次。

去要，去拿，无问西东。

以前我是多讨厌这种野心写在脸上的人啊，但现在觉得，闪闪发亮的青春岁月，凭什么要伪装的淡定而平庸？因为怕被利用被议论被误会和被看笑话，而错过的，是再也不能克隆复原的芬芳年华。此时不高调待何时？如果你开始害怕、畏惧打击和迷茫，那你可能永远体会不到什么叫作淋漓尽致的痛快。

是的。谁曾经没个梦想啊？

很多艺术作品都诠释过这样一个情节：当现在的你穿越遇到了过去的你，你会对自己说什么？

如果能重来，我只想说，"喂，我自己啊，你活得傻一点儿。"

你有没有因为过于"聪明"，杀了你的梦想？你有没有在学会了计算利弊权衡得失后，反而活得像条狗？年轻的味道，不在于皮囊鲜嫩，也不在于拥有犯错的本钱，而在于一个人因梦想而拥有了一种神奇的魔力，那是一种点石成金，化水为酒，撒豆成兵的魔力，带着无畏，带着专注，带着希望，带着光。

　　还记得年少时的梦吗？像朵永远不凋零的花。如果你"活在现实里"，你是还有多少时间能浪费。如果你"活在梦想中"，你是还有多少时间是活着？

　　愿有人再来准备把你的梦想拖下水的时候，你可以随时大方地回应：来啊，放马过来比比看啊！

　　愿你永远是少年。

青

闪闪发亮的青春岁月，凭什么要伪装的淡定而平庸？
因为怕被利用、被议论、被误会和被看笑话，
而错过的，是再也不能克隆复原的芬芳年华。

布衣人生，"曲则全"

　　北京话有个词叫"果儿"，意思是有些女孩子，专门追各种地下摇滚乐队的乐手。我这副清高的臭脾气，自然不想做"果儿"，却还真是主动去问布衣乐队的主唱吴宁越先生讨要了电话号码，人生中唯一一次。说来原因真实到仿佛不太能被相信：因为喜欢他们的音乐。

　　那年我还在北京电视台工作，做一档日播节目的主持人，恰巧那天主编安排我去出个外景，恰巧那天采访赵传，恰巧那天布衣乐队作为赵传北京演唱会的新闻发布会的表演嘉宾。他们当时上场唱了两首歌，一首《秋天》，一首《不累》。媒体区同仁们都是来干活的，目标是赵传，所以对前面的暖场乐队表现普遍比较冷静，我夹杂在同行中也佯装淡定，但其实听到《秋天》前奏的时候，就开始两眼放光了，心里摇旗呐喊，我大西北的味道！

于是那天工作结束后，我鲜为大胆且理直气壮地直接冲向主唱吴宁越，说，我也是西北的，你给我留个电话。

老吴一愣，这理由听起来……但他还是乖乖给我留了电话。

就这样，和老吴认识了。却根本不是为了泡他。

后来也很巧，我当年的手机是LG冰激凌，一款神奇的，好看不中用的手机，典型特征是总丢号码。手机里的联系人一天少一点儿，最后丢了个精光，我心想，算了。反正我记的我爸妈电话，其他的也都不是什么大事儿。

谁知号码全丢的一个礼拜后突然收到老吴的短信，说他们乐队十五周年，在星光现场，我要去的话，给我留票。

当然要去！

如果你也听过一首歌，让你觉得描出了心中的乡愁，描出了你生而为人的萧瑟和繁盛，你也会毫不犹豫地，一次次去触碰那段旋律。人都是骨子里很需要被认同的动物，我深深地理解很多人为什么会特别地喜欢一个歌手、一种音乐，不是因为绝对意义上这音乐有多好，而是相对意义上，这是听的人，心里的调调。

那天的星光现场人不多，来的都是老乐迷，可是……不大对啊，我有种走错片场的感觉，因为记得以前也在北京星光现场看过乐队演出，来者长发披肩文身黑背心的爷儿们居多，仿佛电影里黑社会开会似的。然而布衣这边来的……文文静静的……戴着眼镜的……还有很

多一看明显刚下班脱了西装穿着衬衣的白领。这让我很意外啊。不过低头看看自己，也是一副贤良淑德的打扮，得了，不是一家人，不进一家门。

当然，这都是在布衣上场之前。布衣的音乐旋律一响起，整个星光现场的空气里，气氛炸了。

文静的、眼镜的、衬衣的都嗨了起来，大家举着双手，一曲曲跟着唱起来，我媒体思维，习惯性旁观，所以一边欣赏，一边也在台下思考，想，有这么好的音乐，知道的人却并不多。

而有些人明明五音不全，唱出来的歌累死调音师都调不出个样子，却坐拥粉丝千万，随便在舞台上哭哭都有庞大的点击量。

而很多像布衣一样的音乐人们，拥有这么好的声音，这么棒的音乐，却只能在小范围内听到。

唉。一声叹息。我从不曾渴望过出名，但是在那个时候，我真心遗憾我不是个能一呼百应的明星。否则，我一定会大力推荐很多我喜欢的音乐给人们，因为有些旋律，真的值得介绍给耳朵。

台上布衣，一曲毕。

下一首音乐响起，我随着旋律突然又转了念，想，也好，也好，布衣在做他们喜欢的音乐，这是否大众，是不是可以出名，本来就不是他们做音乐首先考量的因素。如果是的话，他们也不会唱出这样的曲了。所以，懒挺好的。我始终相信，艺术是服务于人的，但艺术家不是当服务员的。所谓艺术，不应该是什么卖钱什么火我就做什么，而应该是，我觉得该这么做，我就这么做了，首先我得自己爱。而你们爱不爱，那是你们的事情。

凡·高如此，毕加索如此，很多大师都如此。这是艺术的风骨，这也才是艺术的责任。

那晚的现场非常棒，最后结束时，老吴的一段话我印象格外深刻：

"我们是中国唯一一个十五年的乐队。我们乐队坚持下来这么多年，精神就一个字——懒！因为懒，所以不计较；因为懒，所以放得下；因为懒，所以到了现在！"

我精简一下，大意就是：我们这个乐队之所以长寿，是因为我们懒得解散！

还记得当时听这段话时，我在台下笑得特别开心，就差拍着大腿搭话：对！就是懒！我们西北人真是都一个样啊！

嗯，我是个西北人，却从不介意别人开玩笑说西北人懒。

懒怎么啦？

嘻嘻，我都懒得跟你说，懒是一种心态。

之后某天，阳光刺眼的下午，我约了老吴做采访，地点在后海。

采访一开始就欢脱出了我的常规思维，这个大漠嗓音沙哑直接的男人，竟然和我是同月同日生？

"双鱼男啊？我以为都很娘呐？不是吗？"

老吴好脾气地笑笑，说："倔的时候特倔，面的时候也真的特别面。"

我问："在什么事儿上倔？"

答："在音乐上。"

我又问："在什么事儿上'面'？"

答："音乐以外的所有。"

后来老吴讲了很多他对历史的看法，他说，"每一项发明都是在毁坏地球""手枪是西方人的流氓武器"还说，"工业革命之后，地球就被挖出来翻来覆去地折磨了，煤矿不是没有被发现过，只是没有被开采。四大发明不是衰落了，是我们的祖先知道，任何科技不加约束地发展，最后都会是人类的灾难。"

他强烈热爱中国古典文化，他喝着后海老瓷罐儿的酸奶，和我讨论王小波、南怀瑾，跟我讲，曲则全。

我问："什么叫作'曲则全'？"

他说："柔曲可以保全，受压于是伸直，低洼可得充盈，凋敝才能更新。老子，道德经。"

住在北京很多年，我常在想，我到底喜欢北京什么？我喜欢北京的就是，在这里，你总能遇上有趣的人，获得一些你生命轨迹以外的旅程感悟。

最后他说："你猜我晚上几点睡？"我说："那要看你几点起了。"他答："八点。""不会吧？你莫非是十点就睡倒的人？"我一脸狐疑。

"是啊，很不像摇滚人会干的事情吧？可是昼伏夜出那样儿实在太伤身体了，那样的，顶多四十岁。咱的目标是，活到七八十，洗得干干净净的，站到街上——继续唱！"

调

很多人为什么会特别地喜欢一个歌手、一种音乐，
不是因为绝对意义上这音乐有多好，
而是相对意义上，这是听的人，心里的调调。

如果可以全能自恋，
谁还需要恋人

～～～～～

古龙先生的《多情剑客无情剑》我看了很喜欢，也很来气。来气更加说明喜欢，能让你生气的，说明都在某种程度上戳中了你。

我也不例外。

你发现了没有，古今中外，但凡叫小李子的，都不是一般人。

李莲英李公公就不说了。你看小李子里昂那多，从我们的青春期红到我们开始中年危机，他从未退场，他只是每年在你的心里扎得更深一点儿。他睡遍了天下名模长腿，但你没法讨厌他，他长着一张初恋的脸。后来，即使他举着水枪满身横肉的在沙滩上旋转跳跃闭着眼，你也不能否认，他jump（跳），你也曾想jump（跳）。

你再看我们的中国小李子，古龙《多情剑客无情剑》里的小李探花李寻欢。他也是从我们的青春期红到了我们的中年危机，起码是我的。因为我是人到中年才第一次认真捧起了武侠书，看了他。在书中一开场就说了，他早已经离开了江湖。但无奈天生丽质难自弃，江湖上一直有他的传说。不要迷恋哥，哥只是个传说。这简直是为他量身定制的应援词。

不是我吹他，他真的很厉害。

书里有好多个生死瞬间。最高潮莫过决斗那夜金钱帮的石门外。那天日月变色，江湖最佳新人奖获得者阿飞，和上东区富二代名媛女友孙小红，都心甘情愿地在石门外遇魔杀魔，红着双眼陪万千读者一起，提心吊胆的，盼着门里决斗的李寻欢能活。此刻如果要拍，请一定用升格镜头，慢动作，手起刀落，刷刷刷。

后来石门开了，二人都看到心爱的男人活着出来了。

他赢了，他赢了，他赢了！天啊。

如果再见不免红着眼，可不可以还要红着脸。

喂。等一下。

可是，谁要做李寻欢的女人，我想做李寻欢本人啊。

《小李飞刀》里，别人日日混江湖都不能红，他复出回江湖走一遭，普天之下，皆是迷妹，且男女通杀。

首先，见到他的女人都用不同的星座性格爱着他，而他坐怀不乱，独爱手中二两酒。

其次，但凡出场的英雄枭雄，不是最后成了他的朋友，就是成了死人。

再次，收获江湖上最有潜力拿到来年最佳新人奖的少年为友，少年谁也不认，独独心里放不下他。即使后来都磕妖女的迷药成瘾，也始终不能忘却的是心里那个李寻欢。

最后，小李情场得意，赌场也得意，抱得年轻美人归，企业还在纳斯达克敲钟上市。

我对李寻欢简直要羡慕嫉妒恨了。

讲道理，谁不想做李寻欢？

武侠小说里，武侠是壳，关系是魂。

这关系，包括人与人之间的关系，人与江湖之间的关系，人与自己之间的关系。

《士兵突击》就是一部比较纯粹的武侠。因为里面没有一段男女私情出来搅局，所以倒也把理想说得纯粹。

《道士下山》（徐浩峰的书，不是那版电影）则是一部相对比较纯粹的武侠，因为里面再怎么样有男女私情搅局，最后写的还是义的故事，一个人自我成长的故事。

而《藏龙卧虎》里面，就基本上是披着武侠外衣，讲情欲撕扯的故事了，我果真就没了什么印象。

但到了《多情剑客无情剑》这儿，物极必反了，它居然写"情"写的笔墨重到抢了"义"的戏，反向地碾压了我的观感，给我留下了深刻的、不太舒服的印象。

其中有三个很重要的女人：

美到没有女明星想和她同框合照的人间尤物林仙儿；

所有女人闻风丧胆的万年初恋，不死前任，林诗音；

年轻力壮三观正最适合结婚的孙小红。

你猜故事怎么样？没错，就是你猜的那样。

讲真的，看到一半的时候，我都开始怀疑，古龙先生是否觉得：女人啊，都不咋地？

——漂亮又聪明的，大多数不是好东西。聪明反被聪明误，也不会有好结果。比如林仙儿。

——漂亮又善良的，必然很软弱。比如林诗音。万年初恋越看越

无味，还给加上了一个熊孩子妈的身份定位……人设设到那个份上，真的，没得罪导演吗？

——又漂亮又坚强又善良又不耍小聪明不玩弄男人且还勇敢追求真爱的，比如孙小红。但是坑爹。

感觉看到最后就是告诉我们，什么样的女人配得上最好的男人？

要年轻、要好看，要主动、要诚恳，要坚强、要大度，要懂得牺牲，要不藏私房钱。要懂得成全，要承认男权，要认可初恋。

啊够了，我觉得可以召唤李碧华出来，和古龙先生打一架了。

你看啊，李碧华笔下的故事，《青蛇》也好，《潘金莲的前世今生》也好，《生死桥》也好，大都是女人潇洒决绝，爱得痛痛快快，男人渣的渣、狠的狠、软的软、绝的绝。

你看她写男人，庖丁解牛一般，处处戳到痛处。

你说她说得对吧，看完她的书，心里沉的像是揣了杜十娘怒沉的百宝箱。但你能说她说得不对吗？

你命中，真没遇过经典三不（不主动、不拒绝、不负责）的许仙，和金漆神像的法海？你虽然知道段娉婷为了将爱人留在身边而把他搞瞎（《生死桥》片段）也是绝了，但是——在遇见爱得不能再爱，连失去这事儿想象一下都不敢的爱人时——你有没有那么一秒钟，也动过这疯狂邪恶又绝望的念头？

所以，做女人，真的没有办法不去理解李碧霞笔下的妞们。

同理，做男人，可能也真的没办法不理解古龙先生笔下的男人。也许，你虽然也觉得李寻欢当年为了拼一顶叫作"讲义气"的游戏称号而把爱人生生拱手让人也是尿爆了，但是，试问哪个小男孩不懂这种心情：

尿啊，我是尿啊，我即使是天下第一厉害的小李飞刀，例不虚发，在面对救命恩人看上我女人这个问题上，还是没办法拉下脸来啊。姑娘，我多希望此刻你能救救我啊，你去告诉那个不开眼的救命恩人，别痴心妄想了！告诉他本姑娘就是除了李寻欢谁都不嫁！姑娘，你用你柔弱的身躯替我去背一下任性的锅嘛，因为我的人设是不能崩嘛。可是姑娘，你都没有做。锅你不背，刀你不捅，你比我还有巨星光环，这戏还怎么演！

"男人大可不必百口莫辩，女人实在无须楚楚可怜，总之那几年，你们两个没有缘。"李宗盛大哥的这首歌，我点给你们。

说回武侠。

武侠最大的魅力，在于痛快。

武侠里的大侠，连班都不用上，每天决斗决斗决斗的，也不知道吃的都是什么？

武侠里的快意恩仇，就像抽一口重烟，抽的人肺都要咳出来了，但是，过瘾。

那是个比谁的剑更快，比谁的血更热的江湖。你有本领傍身，你有侠义心肠，不管你在江湖上排名第几，你都是个站得起来的人。

这是我爱武侠的原因。

但是生活不一样。

生活里我们不比谁的剑快，我们也不比谁的血热。隔壁张三创业了，楼下李四移民了。你心里明明睡前还怀揣着一颗想说走就走的游子梦，第二天早上起来你还是得先穿过拥堵的早高峰去公司，指纹机上，按个爪爪；或者睡眼惺忪地起床，手里抱个活蹦乱跳吵着要出去玩的娃娃。

不可以浪迹天涯，不可以快意恩仇，这人生活的，还有什么劲道？

连一碗辛拉面都不如。

所以有一些骨子里血热的人，抑郁了。

血热不是病，血热却不坚持做自己想做的事，一定会逼出病。

其实我知道，隔三岔五被"没用感"困扰的，并不是我一个人。据我所知，即使英雄如小李飞刀李寻欢，在书里，也曾九九八十一次对自己产生怀疑。

所以，所有的人，都想要找到人生的意义。在拥有世界上最帅的人设，和拥有世界上最美妙的胴体之间，你怎么选？

李寻欢选了成就自己。在自我圆满面前，一切肉欲，食欲，情欲，贪欲，都是低俗。

看完整本书，我是又快意，又不快。如果世界是这样的话，那能有机会做李寻欢，谁还愿意做李寻欢的女人？

李寻欢当年买醉假装浪子聊情伤的朋友圈底下，不知道有没有人留言：

"你看起来痛苦看起来讲义气看起来逼不得已……可如果生命再来一次，你还是会放弃林诗音。"

没别的，因为，你更爱自己的光环一点儿。

但这也不是错。

李寻欢大概会回复说："暗夜如此，吾不可熄灭。凡所有一切，均为吾之燃料，江湖名气错过就没，而女人什么的，一茬一茬的，还会有。"

好吧，千万不要做李寻欢们的女人。

站

你有本领傍身，你有侠义心肠，
不管你在江湖上排名第几，你都是个站得起来的人。
这是我爱武侠的原因。

别谈爱，爱就行了

～～～～

　　大学时可能也是时间多，很爱写文章，那时正经抒情，严谨讲痛，字里行间青春的迷茫，也写点离愁别绪，现在看来简直就是年轻荷尔蒙的花式炫富。然后，那时也确实时不常隔三岔五遇上些闲的没事做的男网民，留言说：啊哟，看你写的东西，你怎么那么忧郁呢？你怎么不快乐呢？你是不是没有男朋友啊？要不要我当你男朋友啊？

　　我当时很纳闷。我没有不快乐啊？我确实就这么个语言风格啊？……现在我明白了，他们是把妹技能不及格，属于他们自己丢人现眼。但当时我很不了解，只觉得是不是自己不及格？自己丢人现眼？年少的我当时心中默默不平，想，谁说写字就要写成大字报啊？不是每个人都是浮夸唱法的！不过从那以后，遇上写文章摇滚组唱法的选手，我还是会多看几眼。人对自己没有的东西，都还是好奇。一好奇不得了，我发现，人类这种生物，对煽动性文字的依恋还是大。作为人类一员的我，有时候也会犯一种通病，叫作见风就是雨。但最近新感觉到还有一种病，病象更难看，叫作："来，跟我一起嚼舌根，我嚼完了吐给你，你不一起嚼，我告诉你，你这属于政治不正确，我有一帮粉丝一起跟你急。"

是的，有些自媒体，非常火，我经常在亲戚朋友的朋友圈转发里看到，标题大多是某位明星的名字，后面一个冒号坠一句这位明星从来没说过的话，比如什么《李嘉欣：我的彪悍人生不需要解释》，比如《马伊利：我能活得比昨天更漂亮，她能吗？》这些文章我不知道收的是哪笔智商税，用脚趾头都可以想得出根本不是这位明星的言语，更不是这位明星生活的真相，可是偏偏十万＋的点击率。还有一些自媒体，每逢热点事件，采取的都是比热点新闻事件当事人跳得都起劲的煽风点火写法，姚明的时候，王宝强的时候……一个十万＋，两个十万＋，场场十万＋，是非上造是非，情绪上煽情绪，不少人看了以为某些自媒体作者是真的动了正义的真气，但实际上，写字的人满脑子生意，看字的人才动得都是真情实意。

可能因为我是一个传统媒体出身，学院派大学毕业的人，我真是不喜欢。我始终不愿意也不肯做的，是写文章嚼别人的舌根，做正儿八经状，总结别人的感情得失，评判别人的人生输赢。一来得失输赢其实根本没有绝对值；再者，你谁啊？阎王啊？你连当事人都不认识，所有的信息来源都是剪辑过的新闻，其他部分七分靠猜，八分靠编，九分脑补，子非鱼，你意淫鱼乐不乐啊？也许一场乌龟和狐狸分手的故事，就是乌龟对狐狸说，"求求你，把我炸了煮了都行，一定不要把我放到水里，我好怕水。"狐狸也是受够了同住的乌龟第10086次讲这种话，一听，扬手就把它扔到了水里。看客们心一紧，乌龟好可怜！狐狸你不是个东西！我们要人肉你！我们要让你下辈子无法抬头！结果眨眼，乌龟愉快地游走了。当然，也许也不是。但总之刺猬看后，认认真真润色了个故事，卖给丹顶鹤看，把丹顶鹤哭惨了。说自己从此以后再也不相信爱情了。

丹顶鹤们啊，人人其实都是在眼前的镜像里，照出自己的恐惧。自己因怕而造神，又怕神像坍塌，砸到自己。

我也嘴碎一次，讲一个别人的故事。有一年，全家大人闲的没事做，都很关心妹妹的婚事。她爹妈觉得她现在的小男友也许大概可能不靠谱，论据大概是小男友家家境平平，妹妹和他在一起主动缩减了自己的开销，并且放弃了到更大城市发展的意图。而另一个相对来说家境不错的男孩子在一次婚礼上偶遇我妹妹，执着地开着车带着自己爹妈追去她在的城市，要谈爱情。后者到达妹妹所在的城市后全家人都很关注事情的走向，但听说后来妹妹坚决婉拒，后者伤心返回，家里大人群体焦急了，托付我，说，"你和她年龄相近，你说的话她能听进去，你要劝劝她，让她妥善处理，都观察观察，别太冲动。"

家长们是认真的。担心和希望显而易见。但我看冲动的，好像不是我妹妹吧。后来我跟妹妹聊起这事儿，我问她："你是什么想法？"她回："姐姐，我觉得这甚至都不是事儿，我爸想我去他所在的大城市，但我不愿意，就这么简单。"我："我听说……你对别人太好，对自己不够好。"她："对别人好，就是对我自己好。"

没有然后了，我说不下去了。你看，当事人稳得很，旁观者们很激动。长辈们的侧重点和年轻人往往不太一样，对于经历过三年自然灾害，看过政治风云善变，现如今只爱好养生、保健、基金、股票的父辈们来说，纵然所谓爱得轰轰烈烈，比起现世安稳都终将是过眼云烟。但是对于正当年的少男少女们来说，纵然别家千好万好，都比不上你能让我爱这一条。也许吧。也许现实派很容易赢，因为人终会老，白发没有放过谁，现实也会像海浪一样拍湿每个本喜干燥的灵魂。但，一段感情，它生它死，它长出枝丫，它变成红叶，它结成果实，它落叶归根……请放它自己来，子非鱼。

你就是鱼他妈也不行。

同理，旁观者们的侧重点，也和当事人往往不一样。我前天碎的这个嘴，写的这个别人的爱情故事，果然昨天就有不一样的结局。我的妹妹最后发现，追来她城市的人很让她欣赏，她们三观相合志趣相投，最后他们喜结连理，并且幸福地生活在了一起。那，你看，剧情反转的速度真的都不够打脸的。所以，议论什么别人的感情？相信什么别人的感情？参照什么别人的感情？对比什么别人的感情？

请自己活，自己爱，自己去感受。别一杯一杯地，干鸡汤。

爱情也曾是我认识世界的方式，长大的方式。曾经我很爱《红豆》："有时候，有时候，我会相信一切有尽头，相聚离开，都有时

候，没有什么会永垂不朽。可是我，有时候，宁愿选择留恋不放手，等到风景都看透，也许你会，陪我看细水长流。"后来我喜欢《达尔文》："学会认真，学会忠诚，适者才能生存。"现在呢，我就喜欢《拍手歌》："如果感到幸福你就拍拍手！如果感到幸福你就跺跺脚！"

　　就这么简单。尘归尘，土归土。今日若二人齐心尽力，明日就算一别两宽，也是好风景。反正到了现在这把年纪，比起你死我活相爱相杀的故事，我更爱看那些不作而坦然的瞬间。我甚至喜欢我曾经特别讨厌的秀幸福，看三毛写荷西，就觉得毕竟爱的闪闪发亮的岁月，有幸福藏着不晒其实也是一种矫枉过正。年轻时都道要饮遍全世界的酒，老了才知白水最长情，没错，可我们还没有老呢！

其实爱恋与生死颇有很多相似之处。都是体验，都是过程，都是经验。左边想要长生不老，右边又怕永无变化。这左与右之间，就是人性修炼思考的空间。最近在看克里希那穆提的《重新认识你自己》，他对痛苦的定义很有趣，他说："人们就是因为不断地在追求快感，然后想保留快感，持续不断地获得某一种特定的快感刺激，所以才会有持续不断的痛苦。所以，如果只是感受喜悦，当下，而不强求留住这种快感，痛苦就切断了。"

请容我擅自翻译一下，克老爷爷的理论幻化到爱情这件事上，就是"别谈爱，去爱就行了"。

活

请自己活，自己爱，自己去感受。
别一杯一杯地，干鸡汤。

做点儿自己看得上的事，
爱些自己看得上的人

其实我也真的很怕青春不再。

当发现眼里失去光芒的时候，

当发现脸上失去锐气的时候，

当发现笔下失去灵气的时候，

当发现身体失去年轻的时候。

我曾以为24岁的本命年就意味着数不清的倒霉，

真的经历后才发现，

本命年其实意味着改变，

像水里的虾一样褪掉一层皮，

成为一个，更好的自己。

然而什么样的人生，才叫好呢?

　　不知道大家看过《林海雪原》没有。在想要极大实现自我价值的人眼里，杨子荣可以说是相当成功了。我方团宠，卧底到敌方也团宠，在一个雄性社会里凭借自身能力风生水起留下智勇双全一世荣光。

　　而在想要安稳长寿过一生的人眼里，杨子荣太失败了。日日夜夜提心吊胆，以说谎骗取信任为生，曾经再怎么一时风光无限，最后却落了个死于非命，他人刀下鬼的下场。

所以你说到底什么才是好人生？

我一向讨厌看那种"这个妈妈是超人""那样的女人才是真女人"这种煽动焦虑的文章，我对教人如何做人始终热衷不起来，也不敢轻易断言"我知道"，因为我唯一知道的是，我还有那么多的不知道。

我也有一些和这个世界美好相处的经验，但它不是这世上唯一的好，也不代表没有照着我的方式做的人就都不美好。世界上有那么多的路，白天和黑夜一样珍贵，一样美丽。我们都是那么的独一无二，有自己的脾气性格和想法，而不是一堆粗暴的大数据。

我给你贴个标签，好好地消费你。

你给我贴个标签，好好地偏颇我。

我是谁？你又是谁？

我是看尼采，也看跑男的人，

我是看《与神对话》，也看《奇葩说》的人。

卤煮我吃，法餐我也吃。

凉皮也要多加蒜，麻婆豆腐也能就咖啡。

我背布包，也背驴牌包。

觉得水调歌头是美的，觉得mc天佑的成名曲也不赖。

你说女人是什么样的？

你说男人是什么样的？

你说十二星座什么样的？

　　人要是能那么简单粗暴的划分，玉皇大帝都笑了。事实上这个时代的界限早就已经在融合中，可有些人嘴上心里还是喊着"裂裂裂"。人不是非要做那些非左即右的标签的奴隶的。没有什么事、什么地、什么时是绝对意义上的好，只有什么事、什么地、什么时让你心安住当下。

　　这世界有很多"聪明人"，他们建造了货币体系，但世界也因为有很多"笨蛋"才有了人性进步的空间。

　　飞机在被发明出来之前，第一个想到，并相信可以做出搭载人在高空飞翔的金属器的人，一定被认为是疯了。

手机在被发明出来之前，第一个想到，并相信可以做出不用任何线便传话千里的小机器的人，也一定被认为是疯了。

三十年前，1987年的人们，如果听到说三十年后人们普遍都会在一个叫作网的虚拟存储上购物的时候，八成也觉得，这是疯了。

但是这些都是我们真实的生活，不是科幻小说。

其实每个人从出生以来就有无数人告诉你或者要求你该怎么活，然而到了后来你发现他们不过也是锚定错了目标，无关善意恶意，每个人都有一条自己的路要走。

17岁的时候我以为人25岁以后就废了呢。

31岁的时候我觉得生命才刚刚开始。

谢时间让我知道时间只是个幌子，有时候那所谓四面楚歌的围栏，不过是人自己围住了自己的蔚蓝。比起追求财富自由，我更在意"时间"自由，如果说现在一定有一件事是重要的，那也一定得是我觉得要紧。

我不需要任何人来告诉我我该怎么活，我要做点儿自己看得上的事，爱些自己看得上的人。

活得谦卑动人，又理直气壮。

谦

我要活得谦卑动人，又理直气壮。

CHAPTER THREE
隐形蜕壳生物

蟹的一生要换好几次壳。
每次从旧壳里挣脱出来，过程都是疼痛又危险。
每每蜕壳，柔软的肉身都暂时失了保护，
迷茫，惊恐，难过，
在跌宕起伏的世间或是等待命运或是磨炼耐心，
直到新壳慢慢变硬，生命方可获得重生。

是你的伤，也是你的药
——家排采访手记

写在前面：

　　文中人物除我和陶思璇老师以外，均为化名。经案主授权和陶思璇老师授权，记录下整个真实过程。

<hr>

　　我和心理学家陶思璇老师一开始都没想过要把这些故事写下来，写成文字。

　　陶思璇是国内有名的心理学专家，应用心理学博士。各大卫视的节目里你可能都见过她，她也出版过不少心理学的畅销书籍，并且数次远赴德国学习灵性疗愈，是将帕曼舞动引入中国的第一人，也是陶花源升维健康馆的创始人。

　　接下来要看到的这个故事，只是她职业生涯里很平常的一个，但我写出来分享给大家后，却让无数读者落了泪。一开始，陶老师是不肯写，因为她觉得市面上现在随便阿猫阿狗都在鼓吹自己懂心理学，懂催眠，懂这些技术。更有一些人举着修行、灵性的标签忽悠受众，结果就是这个事情被说烂了。她觉得水已脏，便不想再趟。

而我一开始，则是懒得写。那时的我是一个电视节目主持人，手上有一档日播，很费精力体力，这个家排（家庭系统排列，简称家排）故事发生的当日，我是作为陶老师的朋友，客串摄影师帮她去侧拍记录课堂的，我只想把照片拍好看一点儿，并没有多余的耐心来敲字。虽然在现场时当天的故事很让我震撼，可是劳累和懒惰让我回了

家也就打算放掉了。这个故事，本来和你们见不了面，它差点儿随着我们结课告别的那日，画上句号。

直到活动结束后的第三天深夜，我收到一条信息。

一个叫作锦子的姑娘在跟我告别三天后，在接近午夜的时候，带点悲愤地给我发来两张朋友圈截图，一张是她的一位朋友看了我侧拍的锦子忘情舞蹈的课堂照片后，问她是不是被人洗了脑；另一张则是，有人在她发的图片下留言讽刺说："你让你老师把银行卡密码告诉你，看她还会教你放手不？尽在忽悠中！"

锦子气愤地跟我说，"我等待你这篇文字诞生，到时候我一定要转，公布于世，给身边人一个准确的回应，让他们知道我那天到底发生了什么，仅此而已，绝不是被洗脑！"

我当时安慰了锦子，我说很正常，你看，我们是唯物论教育下长大的，一谈心灵的东西，好多人本能就怕，其实也是好奇。再加上这些年，骗子确实多。宽慰完锦子，我放下手机，闭眼准备睡觉。但突然一个念头冒出来：

我们为什么，要责备别人不懂？要责备别人相信了市面上那些歪门邪说？

为什么要懊恼别人一听到心理治疗，就一脸讳疾忌医？

怪谁呢？

因为自己没有发声。

白昼如果藏藏掖掖，又何来的理由，责备人们只看到黑夜？！

我写！

锦子好看，她的好看是欧美范儿的。

与大多数中国女人的羞涩不同，锦子的气场开放，常常哈哈大笑，也会开恰到好处的玩笑，我在陶老师的课堂上第一次见到她的时候就觉得，嗯，人格魅力很高。

那天，为期四天的陶花源情绪表达加传统心理学催眠课程结束了。

人即将散，陶老师突然宣布说："大家请务必在五点半前离场，因为五点半的时候，我要做一个个案家排。想要留下来的人可以留下来，想要离开的人请加速，家排开始后，这个教室将不再允许随意进出了。"

"好严格哟。这四天都没见过她这么严肃哇。"

当时正在收拾东西的我心里这样想着，也盖上了镜头盖，准备离开。四天的摄影，我按快门按得大拇指发痛，只想回家泡澡喝茶睡觉觉。但锦子突然走过来，她主动邀请我，说："默默，我能邀请你留下参加我的家排吗？"

"原来你就是那个个案案主？而且邀请我参加家排？"

家排我以前大概听说过，家排是"家庭系统排列"的简称，海灵格创立。类似于一种沙盘推演，找一堆人帮案主重现她的家庭环境，然后达到解决问题的目的。

我当时以为锦子是要我帮她继续侧拍照片留念，我就同意了，结果她说不是，拍不拍照无所谓，我想让你参与。

好奇的我，欣然接受了。

五点半，规定时长100分钟的家排准时开始。

一脸懵的我和其他一些一脸懵但是也好奇留下来陪锦子的学员们，散落在教室里无所事事。

首先，陶老师让案主本人——锦子，说出这次家排的主要诉求。锦子跟陶老师讲了，当时她很小声，我不是很能听清。事后才知道，她想解决的核心问题是——为什么我在这个家里不受重视。

锦子讲完自己的诉求后，陶老师喊我们，说，现在站成一排。让案主来观察挑选你们扮演她生活里的人物角色。

啊？！我当时有点笑场。

站一排？挑演员吗？感觉好像走错了片场，这应该是表演系的排练教室啊。可是事实上，现场除了我是做出镜的工作之外，其他女孩子可都是腼腆得不得了的纯素人，这怎么玩儿？这能演好吗？

心里带着疑问，我还是照做了，我看到锦子认真地在我们对面观察，然后她挑中了一个白衣服的姑娘，扭头对陶老师说，我想选她扮演我本人。

陶老师非常严肃地告诉她："不是跟我说，你必须自己走上前去，认真地跟对方申请，说'我想请你扮演我的谁谁谁，可以吗？'得到对方的认可之后，由对方亲手在不干胶贴纸上写上要扮演的人的名字，然后贴在身上。"

我当时并不知道这个举动的重要性，事后通盘经过再回想起来，才明白发出邀请——得到确认这个环节，是那么重要。

接着往下说。锦子接下来一一挑选了扮演自己妈妈、爸爸、大哥（由我来扮演）、大哥的媳妇、大哥和大嫂的儿子（12岁）、自己的女儿（3岁）、前夫、自己的奶奶。以上8个角色。

陶老师让我们按照她排列的顺序站好，基本上是一小家子站在一起，但整体也不会离得过远，然后，每个人，以自己的视角，介绍一遍人物关系。

比如，妈妈的角色会说："我是案主锦子的妈妈某某某，我旁边站的是我的老公某某某，我前面的是我的儿子某某，儿媳某某，孙子某某，这边是我的女儿案主锦子，和她三岁的女儿某某某，旁边是她的前夫某某，我们身后是我妈某某某。"

奇怪的事情开始发生了。

站在这个家庭矩阵里，随着大家一遍遍的身份确认，我突然有点不太舒服的感觉，不是生理上的，是心理上的。我好像莫名被入戏了，我开始能感觉到我所扮演的身份的心理感受，有一种隐隐的烦躁提醒我，这一大家子不简单。

每个人挨个儿以自己的视角介绍一遍后，家排正式开始。陶老师站在家庭矩阵外，案主锦子站在她身边，有点儿紧张的样子。

我以为会有个剧本什么的（对不起我还是舞台剧思维），结果孰料，陶老师讲了一句话。这句话之后，我们这一大帮子人，全乱套了。

陶老师说："现在，闭上你们的眼睛，用心感受一下自己的角色和位置。当你开始有什么想法的时候，你可以行动。但是，切记，不能用语言，只可以行动。"

所有人都闭上眼睛，听从感觉的指引。

我是扮演锦子大哥的身份。我感到一阵若隐若现的压抑，一波一波冲来，时浓时淡。但没有影响到我需要做出改变的地步。于是我且不动，继续闭眼站着，感受着。

突然，我的手被拉起来。我睁开眼睛，发现扮演"我"妻子的姑娘，也就是案主的嫂子的扮演者，她拉起了我的手，带着我一起去把案主的三岁女儿一一拉了过来。

我是蒙的，但是觉得自己"媳妇"这么做了，就照做吧。然后我看到，扮演案主爸爸妈妈的角色，也是"我"的父母，他们也随着我们过来了。

矩阵排列发生了变化，现在，是我们一大帮人在一起，案主扮演者游离在外。前夫角色跟她也并不接近。

案主扮演者开始感觉到着急，她本能地想回来拉扯自己的女儿。

我不知道为什么，我也开始本能地和她争抢。一场乱仗开始。

事情围绕着对案主三岁女儿（扮演者）的拉扯战进行，不出大家意料的，后来案主前夫的扮演者也加进来，场面前所未有的混乱。我大哥力爆棚，掰开其他人的手，让三岁的女儿随着她妈妈去吧。

我以为我做了一件能够平息这个家庭风波的事件，不料，事情才没有那么简单，紧接着，"我媳妇"跟我闹翻了。然后又是"我妈"去找"我媳妇"（后面不加引号了，太麻烦了，都是角色，都是角色，都是角色）……我妈劝我去找我媳妇……我也闹了脾气，觉得你们这群女人怎么这么烦人，我要清静，我离开了……然后我妈和我媳妇又轮番来把我拉回家里……再然后我的妹妹（案主扮演者）带着女儿回来找我们……我们又再一次抢下了她的女儿……

像是宿命的必然，案主锦子的角色，又一次被排除在外。

真是见了鬼了，我那一刻，确实有很认真地在我需要扮演的角色里不假，但是，我也诧异我哪里来的心里驱动力去做这些事情？这些行为明显都不是我本人的思维模式了，我仿佛就是知道这是大哥本人要做，想做，得做的事情。事实上在对大哥的扮演过程中，我更多体会到的是男人在家庭生活里，还真的是不太懂女人们之间为什么会有那么多小情绪。

总之，在我们这群人物关系不断涌动的时候，突然，矩阵之外，案主锦子本人哭声传来，她明显地想要控制，但是不受控制的越来越大声，直到失声，哭到全身筛糠。

锦子情绪快失控了。

锦子事后跟我聊天，说，太神了，太像了，你们表现的和我家里的情况一模一样。

但当时我们这群人，都并不知道。只是在跟着自己的感觉走。

陶老师见状喊了暂停说，好了，扮演锦子的姑娘出来，锦子，你自己进去，你自己回到这段关系中，看看你应该如何处理。

满眼是泪的锦子本人归来。

然而事情并没有好转。

无休止的拉扯战中，我看到的是锦子的被动、懦弱、无所适从。也看到这个家里锦子的妈妈似乎对锦子意见很大，我的"媳妇"也对锦子意见很大。

终于冲突爆发在了锦子妈妈和她本人身上，他们发生了强烈的对抗，几乎要从拉扯变为推搡了。

陶老师一直在旁边观察，此时她适时插进来，给了锦子妈妈的扮演者一个开口的权利，这是我们那天场上第一个被允许说话的人。陶老师说："说出你对锦子的感受。"

"锦子妈妈"几乎是带着积怨讲出一句："我觉得有点儿烦她，我觉得她很没出息，我觉得她离婚了，让我很丢脸！"

要知道，这位扮演者，之前也是和我一样，对锦子家庭事务一无所知的人。

锦子哭得更抖了。

陶老师敏锐地观察和捕捉到了这里是矛盾的焦点。她让我们所有人都退到旁边，场上只留案主锦子和她"妈妈"扮演者二人，陶老师交代"锦子妈妈"：重复你刚才那句话，一直重复。

"锦子妈妈"的角色和锦子就那样面对面站着，对峙。

"锦子妈妈"不断说出那句："我觉得你很没用！你离婚了你让我很丢脸！"

她一遍遍地说，也像是在发泄自己似的。似乎像个背负某种伤痛的人，只有哼哼出来，才能稍微舒服一点儿。

锦子站在对面情况更是好不到哪里去，她哭得五官上都笼罩一层水汽，像所有常年被自己父母不理解的儿女一样，愤怒、恐惧、伤心、抓狂，各种情绪从她的眸中闪过，可她就是不爆发。

我坐在旁边有感同身受的屈辱。我这个"做大哥的"，真想替"妹妹"上前吼回去一句："离婚有什么丢人！"

但是我终究没有这样做。我花了十几秒的时间分辨这种路见不平想拔刀相助的感觉到底是来自于我本人的思考，还是"锦子哥哥"的想法，后来，我发现，我们的想法得到了统一：

一个终将由自己面对的问题，你要让她自己面对。你无法替她去处理她自己的因果。

锦子终于无法忍耐"妈妈"的挑衅而小声回应了一声："我不觉得离婚丢人！"

我在旁边鬼使神差竟然鼓了掌。

陶老师捕捉到了这个信息。她叫我上来，说，哥哥的角色，你过来，你站在锦子身后，手放在她的肩上，支持她。

我把双手放在她的肩上，甚至我没忍住还拿起她的双手帮她推开气场咄咄逼人的"妈妈"。

然而我的"妹妹"锦子，还是没能拿出勇气来对抗。

只是哭，只是哭，只是哭。

我感觉到了失望，我发现，"哥哥"的支持，只会让锦子下意识地逃避，更加地往后靠。我发现只要还有"大哥"这个角色站在她的身后，她便可以把肩膀的力气靠在我的手掌上，自己并不向前。

想起了中国那句老话："怒其不争，哀其不幸。"

在一段比较长期的关系当中，如果一个人一直对另一个人嚣张跋扈，那也定是因为，你许他这样。

我们所有的经验都是我们自己召唤来的。

我再次退到了旁边，这次，不是陶老师安排的，是我作为"大哥"这个角色自己的选择。

事情陷入了僵局，不断谩骂的"案主妈妈"，不断哭泣的案主本人，不再参与的其他家庭成员。这时候陶老师安静地走了上来。然后我看到了认识她这些年来她第一声嘶吼，她悄悄走到"案主妈妈"的位置，用"妈妈"的口气冲着案主喊出："我觉得你很没用！你离婚了让我很丢脸！"

真的是嘶吼。可以震碎玻璃的那种嘶吼。

像我们成长过程中，耳熟能详的，长辈的暴怒。

来自于父母的，情绪化的暴怒。

足以把孩子吓到崩溃的暴怒。

然后，陶老师对"案主妈妈"说，照我刚才的语气说。

案主妈妈扮演者好像一下子得到了许可，她瞬间释放了自己积压的情绪。她也用吼着的方式讲出了这句话，这显然比小声念叨更符合她内心的涌动。

她吼了起来，一遍遍，整个教室回荡着一个女人对另一个女人的不满。这事情并不罕见，我们这一代生活从小到大，比比皆是。

终于，锦子爆发了。

她发出了我曾经只在电视上看过的那种，盛怒的草原野兽出击前发出的哼鸣声。

那一刻，已经没人有偶像包袱了，也绝对不能用优雅不优雅好看不好看来衡量了，那一刻的锦子，我觉得，她完全爆发出了她体内愤怒的本能，而这股愤怒不是我们创造的，是她自己的，一直就有的，在她体内流窜，逼得她无法面对自己的，那股愤怒。

她把它们外化了出来。我没有见过这样的锦子，这仿佛是她人格中的另一面。

但是那么真实。

这是件好事。情绪长期积压在体内，势必导致肉体问题，所有的疗愈师都明白这个道理。

而作为人体的使用者，却总也不明白。我们有多少人，压抑了自己人格中的一面甚至很多面。我们千篇一律地把自己活成了别人想要的样子，却发现，无论如何，也取悦不了别人。

其实完全反了，你只有先照顾好自己，才能照顾好整个世界。

此刻锦子将体内流窜的怒气终于发了出来，她先是吼出了几句我们谁都没有听清的回击，后面几句嘶吼我听清了：

"我不丢人！离婚不丢人！！！

我能挣很多钱！很多很多！你能吗？！

我离了男人一样活地很好！你能吗？！

我一个人活得好好的！你能吗！？

我能买很多很多很贵的衣服！你能吗！！

你能吗！

你才丢人！你不如我！我讨厌你！"

出人意料的事情发生了。

妈妈的扮演者，笑了。

我不知道看到这里的读者，多少人能懂得妈妈这个笑的含义，那一刻，我心里浮现出一句话，也是《与神对话》里曾讲过的道理：也许，每一个伤害你的人，都是在帮你更快地回忆起自己的真实身份。

锦子并没有看懂妈妈脸上微妙的表情变化，锦子还在发泄。她吼了足足两三分钟，喉头发出的那种野兽般的愤怒嘶吼也越来越弱，我看到怒气离她而去。一起离去的，还有委屈。

锦子最后大松一口气，像一个充满气的皮囊，一下子泄了气。

锦子最后一句话和前面所有的嘶吼都不同，声音小了很多，用正常的音量和音调，几乎是滑出来的，她对"妈妈"说：

"当然，我也爱你。"

我看了一眼表，刚刚过了一个小时，不是说100分钟的标准流程吗？提前结束啦？

我的眼神从钟表回到地面，看到陶老师拿出了很多绳子摆在地上。后来我才知道，前60分钟是释放，后40分钟是疗愈。只有先把恨释放出来，爱才有地方流动。

陶老师对锦子说，你可以挑选这些绳子，最少三根，最多随便你，用它们，在这里圈出一个你的安全地带。任何人不得进入。

锦子拿了一根绿色的绳子，走到妈妈的扮演者面前，犹豫片刻，充满气势地把"妈妈"一步步逼到墙角，那地方留的要多小有多小，恨不得只能容双脚站下而已。

锦子用绿色的绳子在"妈妈"面前铸成了她的第一道防线，然后，拿起其他的绳子，一根连着一根，几乎是围了一个大大的圆。

教室是个长方形，她在长方形里贴边画了一个大圆，妈妈的扮演者在那个角角里，我们其他所有人区域稍微宽敞一些。

她用上了所有的绳子。

画界完毕后，陶老师面带微笑地问她，确认吗？还需要再加固吗？

锦子有点儿紧张地做了一个呼吸，回身观察一番，感觉还是不放心。她又从道具台取了三根绳子，走向"妈妈"的那个墙角，加固，加固，加固。

然后，把每个绳子的连接处之间，还打上了结。

那一刻我们所有人，竟都有点儿高兴，包括被逼在墙角的"妈妈"。

这种感觉，你懂吗？

当你看到你的亲人，不再只是沉溺于自己的问题里，哭哭啼啼，她开始行动，她开始尝试，她开始有界限，她开始真正爱自己。

真正爱她的人，会为她高兴。

锦子的结界做好了。天，这是我平生见过的最扯的结界，但也是我见过的，最有力的结界。一堆歪歪扭扭的绳子，画出了一个坚强到有点儿拧的姑娘心里的乌托邦。

锦子站在自己用绳子摆出的圆里面，气息平稳了很多。看来这个结界给了她安全感。

陶老师这时候说，现在，我给你第一段音乐。在这段音乐里，你用肢体动作，用舞蹈，尽可能地向所有人表达出："这是我的地界，我的地盘我说了算，你们这些人，不懂的人，全都闭嘴！"

随着音乐，锦子躺了下来，在地上打滚。沿着她绳子的边界，仿佛要用血和肉来铸成新的长城。

看得出来，她爱她的地界。

事后我跟陶老师交流，陶老师确认说，此时案主已经进入潜意识的催眠阶段。

说到这里，我想解释一下为什么在好几个环节里陶老师都强调不要用语言，只用肢体动作。

先说为什么不用语言。你发现了吗？其实很多时候，语言在我们的沟通交流当中，起到的，几乎是微乎其微的作用。它是那么得无力。它仿佛无所不能，其实，它最经常词不达意。

再说为什么只用肢体表达，也许很多人都没有意识到，自己其实已经丧失了肢体表达的能力。当提到舞蹈，人们首先想到的是艺术和娱乐。其实，可能和它更接近的词是"疗愈"。心理分析家祖氏米亚路说过："那些不能舞蹈的人们，事实就是被自我囚禁而失去了生命之调。"

一曲毕，我们这些坐在结界外看的人，心情竟也都越来越轻松。陶老师告诉锦子，说，现在给你第二段音乐，你同样，用舞蹈，来向他们宣称，你的生活是多么丰富精彩。

在这段音乐里，我看到了一个光芒四射，简直气场不输巨星开演唱会的气场的锦子。她的舞蹈非常自信，有娇俏，有性感，有自我欣赏，有力量，有态度，有美感。我的妈呀，我真的没办法相信，这是一个完全没有学过舞蹈的普通人。

我们都被感染，那一刻，我发誓真的没有任何人想要对她的生活指手画脚，不是因为陶老师不许发声，而是因为，打从心底里欣赏。

曲毕，陶老师讲，现在，你可以邀请任何你想邀请的人，进来这个圈子，和你一起狂欢。

出乎我的意料，锦子第一个邀请的，竟然是她。

锦子向一向不太友好的"嫂子"伸出了手。

之前几乎无法共处一个空间的"嫂子"，之前一见面就掐架的"嫂子"。

我是扮演大哥的，我简直震惊了，女人们到底是怎么回事？

女孩的心事男孩你别猜，你猜来猜去也猜不明白。

此言不虚啊。

我听到锦子对"嫂子"说：嫂子，我原来一直误会你了。

扮演"嫂子"的姑娘脸上也露出了笑容。

我事后问扮演嫂子的姑娘才知道，她一开始第一个行动，伸手把案主的女儿一一拉到自己身边，拽到我们家照顾，原因竟然是因为，她觉得，孩子那么小，爸爸妈妈离婚了没人照顾她，她很可怜。

我震惊了，我自己在扮演大哥角色的时候毫无察觉呀。人与人之间的鸿沟，竟然可以这样轻易就造就，竟然可以因为一个小误会，便那么深。

我自己是两个孩子的妈妈，在家里我也是妻子，也是儿媳妇。按理来说我应该很容易理解这个家里这个"媳妇"的心理动机的。但是在扮演大哥的过程中，我发现，我真的完全不理解，当大哥的我当时就觉得女人们太事儿了。回家和我先生讲起这件事，我说我要跟你道个歉，之前很多时候我觉得是你忽略了我的小情绪，经过这场练习，我才发现，男人有时候真的是看不见女人的小情绪的。男人和女人，真是两种思维模式的动物。

我老公听了我这话非常惊讶。

而锦子本人其实在这个练习中，也很吃惊。后来坐下来聊，锦子告诉我们，她之前一直觉得是她嫂子针对她，而她在这个家排的过程中，才看清，其实，是自己没有摆正位置。

锦子讲，通过家排，她感觉到，哥哥其实好像有两个老婆一样，嫂子是一个，自己也是一个。哥哥也挺难做的。锦子想起自己和哥哥从小一起长大感情很好，看到哥哥订婚自己都大哭了一场。锦子说到这里自己都笑了，说，难怪我嫂子对我有意见。可不是该对我有意见嘛。

这可能就是勇敢面对自己的"副作用"吧，哈哈。它让你看见你曾经忽略掉的客观事实，尽管你睁大了眼睛去追寻生活中的每一个蛛丝马迹，然而，却总有你下意识绕开的盲点。

看见这个盲点也许很艰难，或者很痛，但是值得。

因为人若自欺欺人，必将难寻真正的安宁与快乐。

说回家排的过程。这个过程已经进行到了尾声，锦子根据陶老师的指示，依次邀请所有人一起进入这个圈子一起玩，最后，她走到依旧被逼在角落里站着的"妈妈"面前，两个女人一阵沉默，突然都笑了。

锦子带点儿不服输地，又带点撒娇地说："妈，你要不要一起来啊。"

这是那天，锦子第一次笑，我记得格外清楚。

"妈妈"跨了进来。

大家也都笑了。

家排在所有人的狂欢中进入尾声，最后一曲音乐结束后，我又以为结束了，其实还没有。

接下来，还有一点点重要的尾声要处理。

陶老师说，锦子，现在，由你，把这个绳子做成的结界拆掉。

那一瞬间锦子愣住了。

我看出她的犹豫，不舍，和恐惧。她喜欢这个结界，她不能没有它。

陶老师接着说：绳子拆掉了，但是，这个界限，应该留在你的心里，并且永远，不消失。

锦子恍然大悟。她几乎是带着仪式感的，一个个地，一点点地拆掉了绳子，这个过程她进行得并不快，雷厉风行的她，这次几乎是缓缓地，拆开了一条条绳子。

这份缓慢，是因为这是需要勇气和决心的事情。

这件事情，叫作跟曾经浑噩不明的自己做告别。

随后陶老师召唤我们所有人，坐在一起，聊一聊刚才的感受。

锦子获得的启发多得出乎我们所有人的意料。

不仅是我上面写过的，她对嫂子和大哥关系的重新认识，她也说出了她对爸爸的感觉。她说，我之前一直也不理解我爸，我觉得他不够爷们儿，都不站出来为我说句话。

扮演爸爸角色的妹子说话了，"爸爸"说："前半场我根本就是蒙的啊，完全不知道你们一群人争来争去拉来拉去的在干什么，我就只好跟着我老伴儿走，而且我看她一个人瘦瘦弱弱地站在那里生气，觉得她好可怜，当然要去安慰她。后来，我有点儿明白你们在闹什么了，发现我劝劝拉拉的也没用，我就想，唉，算了，儿孙自有儿孙福吧。"

说到这句，锦子愣住了。

显然，锦子之前并没有从爸爸的角度去考虑过，她只有自己的角度。

"妈妈"的角色也发言了，果不其然，她提到，当女儿开始反抗，大声说出自己内心真正的想法时，她笑了。她那一刻反而是轻松释然的，她那一刻，开始有点儿欣赏她。

一圈座谈下来，锦子自己把自己逗笑了，锦子说，原来，是我太没有界限了。我太依赖哥哥，我觉得他要为我的幸福负责，我太依赖爸爸，我觉得他也要为我的情况负责，我也太依赖妈妈，我觉得她应该无条件地支持我理解我……说到最后，她发现，并不是爱已经在这个家庭中消失，爱从来都在，只是，看问题的角度很重要，沟通方式很重要。

陶老师看着不断自白的锦子，也笑了，问：所以，谁才是那个trouble maker（麻烦制造者）？

锦子笑得像个小孩子，不回答，倒是又问了陶老师一个问题，那我该怎么办？

陶老师还是温柔地笑，但是语言却很有分量。陶老师说：锦子，你不是九个月大，也不是十九岁，你是二十九岁了。你要过什么样的生活，你自己决定。

锦子怔了怔，像是下了很大的决心，说出几个字：独立，有界限，不强求别人。

陶老师说，不要说给我听，说给你自己听。

家排结束了，最后最重要的一个环节，一如当初需要得到每个扮演者的意愿亲自确认一样，我们最后，需要排着队，走到案主面前，当面撕下身上贴着的身份名牌，交还给她，并且告诉她：

"我不是你的哥哥某某某，我是陈默默。"

"我不是你的妈妈王某某，我是xxx。"

……

然后每个人都交还角色名牌给案主之后，需要回到场地中央，在音乐中狂跳，大声地喊出自己的名字。

家排结束了，但是锦子的故事没有结束。

我们不是在排话剧，所以我更在意的，是经过这次家排，锦子的生活有没有发生改变。

在锦子离开北京回到自己生活的城市之后的第五天，她给我发来了这条信息："我刚才在开车回老家的路上。路上我就在想，改变要从现在开始。以前我回去老家，都会住在我哥哥嫂子家，这次我没有，我住在我妈妈家。我开始认同我自己的身份，我是她的女儿，她的小孩，而不是我哥哥的老婆，哈哈哈哈。嗯，我妈妈现在去给我做饭了，我爸在看电视。"

过了一会儿锦子给我发来一张家里人正在看电视的图，过一会儿，又发来一张可爱的小女儿说话的小视频。

这不是多么惊心动魄、异彩纷呈的回馈，但是我觉得，这样温馨的生活日常，胜过千言万语。

真

也许，每一个伤害你的人，
都是在帮你更快地回忆起自己的真实身份。

——《与神对话》

一朵98年的花儿

写在前面：

　　本文写于2008年，那时候，这个孩子10岁。现在，正好又过了10
年，我在想，飞机上的小点点，你应该正好20了吧。如果你今天也在
看这本书的话，希望你此刻在微笑。十年前遇到你的阿姨我，至今还
记得你的笑，那是那天高空，最美的画面。

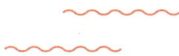

　　我在去杭州的飞机上，碰到一个小女孩。扎俩小辫，小大人的眼
睛眨巴眨巴，扶着奶奶上来，座位正好在我旁边。

　　小女孩很活泼，飞机要起飞了，她拉着奶奶的手说，奶奶我给你
念安全须知。一边念还一边学着空姐示范的姿势，一个个地演示给奶
奶看。小女孩跟奶奶聊天说："奶奶你没有坐过飞机吧？我坐过，你
听我的，飞机一会起飞了耳朵会很难受，你就使劲咽唾沫就不难受

了。"过一会儿，小女孩又说："奶奶我唱歌给你听好不好？唱个《在那遥远的地方》。"说罢就唱起来。飞机起飞后，小女孩又拉着奶奶的手兴奋地说："你看你看，窗户外面的云。"奶奶说："奶奶年纪大了，青光眼，看不清楚啦。"

一路上，一老一小，就这么聊着笑着，其实主要是小姑娘在说，很可爱。

空姐来送吃的的时候正好赶上飞机有些颠簸，我有些晕机，怕吃点儿更想吐，便不敢动勺子，想等过会儿安稳了再说。小女孩吃完她的面条，看看我，突然跟我说话了，问："姐姐，你为什么不吃呀？"我说我怕颠簸啊，等会儿再吃。然后我看了看她的桌上，她吃完面条也没有再动其他食品，就问："那你为什么也不吃了？"她回答说："妈妈来机场接我，我怕妈妈饿，而且妈妈从来没有坐过飞机。东西留给妈妈吃。"

小姑娘说，她今年10岁，已经一个人在北京三年了。她7岁那年被爸爸妈妈从江西老家送来北京，住在老师家学围棋。独自一人。

我很吃惊，问："旁边不是你奶奶吗？"她摇摇头，说："不是的，是我在机场看到这个奶奶不知道该怎么走，就跟她结伴一块。"

哇，没想到，原来也是不认识的。我们成年人见到陌生人，是恨不得脑门上贴个"本人隐身"的条的，大概也只有孩子，心地纯洁的孩子，会毫无杂念地去帮助陌生人，陪伴陌生人了吧。而这其实本该是人与人之间，多自然的交往。我看眼前这个小姑娘可爱，也不自觉地聊起来："那平常爸妈常来看你吧？你这么小，他们肯定不放心。"

"我们一年就能见两次。"

"一年？两次？哦……那，那你平时想不想家？"我有点儿吃惊诧异。

"想，想的时候就打电话。"

说到这里小姑娘神色有点儿黯然，但接着就转了话题，和我聊起了她的围棋老师，她老师家养的猫，她喜欢看的《神雕侠侣》。原来小姑娘小小年纪已经是两届全国青少年围棋冠军了，这次是去杭州比赛的。

她问我："姐姐，你喜欢坐飞机还是坐火车？"

"飞机，因为飞机快。你呢？"

"我喜欢坐火车，因为每次坐火车，我都可以和妈妈说一夜的话。"

听到这里，我鼻子一酸。那时候我并没有孩子，也不懂孩子，但是，这句话，让我想紧紧地抱着她，这是一颗多么柔软可爱又失落的心啊。即便平常表现得再懂事，她也是个孩子，才10岁的小女孩。于是我把我的吃的都塞给她，说："送给你吃吧，把你那份儿留给妈妈。姐姐晕机了，吃不下。"

她很高兴，把小面包小蛋糕小沙拉什么的摆成一排，说："哇，这下，都有两个了！"

我想想我10岁的时候在干什么。好像，很不爱学弹琴，常想背着我爸把琴砸了；总希望我的电子琴老师家里出点儿事，我就不用上课了。

我就问她："你喜欢围棋吗？"

"恩……一开始不喜欢，我喜欢跳舞，唱歌。"

"那现在呢？都是小冠军啦，小有成绩啦。"

"现在还成。毕竟都学了这么长时间了，付出了这么大的努力。"她黑亮亮的眼睛看着我，突然很认真地说："姐姐，你知道吗，我爸爸妈妈为了让我学好围棋，就这三年吧，起码已经投入20万了，我一定得好好地学棋。"

她扳起小指头给我算："你看，原来我们家，爸爸每个月能挣4000块钱，妈妈挣1500块钱，后来送我来北京学围棋以后，妈妈兼职打工累死累活的，赚到3000多，爸爸也辞了工作去厦门那边打工，虽然说每个月税后也能拿到一万多，再加上爷爷奶奶给的2000块钱……其实我们原来那样挺好的……现在我们全家三个人在三个地方，每年见不到几次。不都是为了让我能学好下棋吗。"

10岁的小姑娘，说出这样的话，眉宇间掩不住的稚气、认真，还有懂事。可我的心却有点儿难过。子非鱼，安知鱼乐不乐？我不是这对父母，但我终将成为父母。我理解人生有很多无奈，可是人啊，为什么要用一种无奈去换另一种无奈？我也不是这个孩子，但我曾是孩子。如果这样的境遇给到我，我一定会说，这不是我想要的人生。爸爸妈妈们，没有什么比这个世界上的成功二字更虚无缥缈了。也没有什么，比陪伴二字，对一个孩子来说更弥足珍贵了。

要下飞机的时候，小姑娘说，姐姐等我有时间了去你们学校找你玩。说着掏出家里的户口本来，翻出张小纸条，上面都是铅笔记得电话，爸爸的、妈妈的、爷爷的、奶奶的、老师家的。她把妈妈的电话留给我，合上大大的户口本，塞进小小的花书包里。

我赶时间先走一步，小姑娘硬是递给我一个圆圆的苹果，她说，姐姐你晕机，吃个水果会好一点儿，我洗干净了的！

我拿着她的苹果，走出杭州机场，咬了一口下去，甜。

我却忍不住想哭。

很少写人，不会写人。但她，我忍不住。

花儿

我问："那你为什么也不吃了？"

她答："妈妈来机场接我，我怕妈妈饿，

而且妈妈从来没有坐过飞机。东西留给妈妈吃。"

那位在商场打孩子的妈妈，
我是那个被你指着骂的人

~~~~~~~

　　当了妈妈之后，人生像是打开了很多道新的大门。从前从未注意过的很多东西，都像是突然闯进了我的世界。比如小孩子的哭声。说来奇妙，没当妈妈的时候，是听不懂的，顶多觉得，公众场合有孩子哭闹挺烦人的，但当了妈妈之后，开始能听懂孩子哭声里的情绪。这真是一项喜忧参半的技能，很多时候我其实都想关掉我的耳朵，可是偏偏我的耳朵功能很正常，正常到成了个一不小心，多管闲事的路人甲。

　　那天我刚刚录完节目下班，去商场给孩子买东西。我先去了趟洗手间，结果在洗手间里意外听到一个妈妈非常凶地骂孩子，并打孩子。

声音很大，打得很重，巴掌落在肉上的声音非常清晰，还有孩子撕心裂肺的哭声。我以前也许从不会管这种事，但现在是由于母性吧。我听得心里瞬间揪起来。门开着，我循声看到一个三岁左右的小男孩，也听清楚了事情原委：小男孩太久没来游乐场了，来了玩得忘乎所以，然后想尿尿没及时说，结果尿裤子了。

没了。就这么大点儿事儿，把孩子打成那样，骂成那样。

我当场看呆了，带着我刚录完节目的烈焰红唇呆在了洗手间，本能地挪不动脚。我知道那画面非常尴尬，也知道大多数人这个时候可能就走了，或许这才是大家觉得正常的反应。但我实在挪不开步子，我没办法冷漠。于是孩子妈妈看见了我，开始对我指着我骂，不但不停手，还说，看什么看，没事儿赶紧滚。

我没忍住开了口，好声相劝道："我孩子跟你孩子差不多大，有时候也淘气，我理解你，但你消消气，别打孩子了。"

她更加激动起来，大概是我让她觉得难堪了，她恼羞成怒上前一步，手指着我眉心，吼道："你***是不是脑子有病！我警告你，你给我赶紧滚，我是他妈，我打他用不着你管！你给我出去！（指让我离开洗手间）"我那时候倔强劲儿也上来了，平静地说，"好，我出去可以，但从现在开始我会在门口听，如果让我再听到你打他一下我就报警。"然后我出去了，她更加愤怒，追出厕所门口，再一次指着我眉心大骂，并且要挟我说："报警啊！赶紧报啊！你倒是报啊！你不报警我打你啊，我告诉你！"

天知道我为什么要惹一个气头上的人，嗯，可能也只有天知道了。"像我这样懦弱的人，凡事都要留几分，怎么曾经也会为了谁，想过奋不顾身。"我当时并不了解自己莫名把自己搅进这件事的原因，我只知道我的目的不是激化她，于是我什么也没说，站那里任她骂。但我也没走，我想的是，希望她骂完我，怒火也就消了，对孩子不会再生那么重的气。后来，她痛骂了并威胁要打我后，确实气可能消一点儿了，摔门回去洗手间，管她的孩子。我还是站在洗手间口，顶着她刀剜一样的白眼，一直看着她直到她带着孩子走，没有再打。

这是这件糟心事件里，唯一让我觉得欣慰的部分。

她走了后，我才发现，我紧张得手都有点儿抖了。于是颤颤巍巍拿起手机跟徐睿打电话说这件事，老公一听，非常着急，确认了我是安全后，对我说："那就是传说中的垃圾人啊，你不要去惹，我真担心你出什么事。"我说："其实我也不知道，为什么明知我开了口她就要迁怒于我，可我还是无法坐视不管啊。对不起我也许是唐突了，可我真的不是能独善其身的人。我真的是一时无法自控，做了我在那个当下最想做的事情。"

是的，我确实不能忍受，如果一个妈妈你不能保持起码的情绪稳定，为什么要要孩子？为什么生了孩子，又排山倒海一般对这么小的孩子产生如此激烈的负面情绪？这些家长，真的到底知不知道，自己对孩子来说，就是天，或者说，他们在不在意？这种歇斯底里的情绪，我这几年似乎总在父母对小龄儿童身上看到。

我后来想，这位妈妈她在情绪好并且在这个宝宝没有磨光她耐性的时候，或者她没有那么累的时候，是不是也不是这样？她会不会也唱着温柔的歌，说宝宝睡吧，妈妈爱你？今天指着我眉心，骂得我狗血淋头的这个女人，我想，她也一定有很多的委屈。委屈一个人带孩子的辛苦，委屈累到极致却无人理解的难过，委屈这世界再没人把她当个孩子，委屈自己今天的举止竟被一个"外人"监视，并被警告"再打报警"。我突然有些理解那位妈妈，我宁愿去相信，那一刻的她，也不是她的正常状态。

　　能带孩子来商场玩的妈妈，应该也不是坏人吧。可是，能打孩子打成这样的妈妈，一定是不快乐的。我不知道到底是情绪不健康的巨婴们做了妈妈，还是做了妈妈以后，生活的巨压逼疯了一个又一个情绪本来并不那么坚强健康的女人？

　　中国的妈妈们，为什么，总是那么不快乐？

　　是的，怀胎的辛苦，喂养的辛苦，真的是没经历过的人想象不出的感觉。中国家庭的人际关系，中国社会的安全隐患，也是不带孩子的少女们想象不到的沉重。女人往往觉得，没有孩子，日子再辛苦一个人也总有一口气能顶住，因为心中有希望。而身边睡了一个人，他是你的丈夫，却并不帮你分担任何辛苦、孤独、心酸，甚至还有很多丈夫，在妻子生育后，不仅不调和家庭矛盾，理解妻子的不易，还在家务事上扮演了周扒皮的角色。有这样的男人，女人怎么会不绝望？当一具身体感觉不到任何爱的时候，它疲倦极了，它是拿不出更多的爱啊。

可是，如果你只停在这里，就还是在受害者的思维里。这个世界太有趣了，人人都觉得自己是受害者，于是人人都想讨债，人人都觉得自己为什么会过得不快乐还处处受限，却不曾反省过，每一个个人意识，也一起创造着每一刻崭新的集体意识。生活里见过一些人，这边因为一点点小事就咬牙切齿想要别人命，那边因为一点点小事就哭天抢地的觉得这个世界为什么要要自己的命。每一个希望被这个世界温柔相待的人，麻烦都先学会，温柔地对待这个世界。

那些因为觉得难过绝望而不好好面对生活，不好好善待他人的人，往往发现，生活会更加难过绝望，不被善待不被理解。你也许会想，这里面，到底是鸡生蛋还是蛋生鸡的关系呢？但其实，鸡本身就是蛋，蛋本身也是鸡，你的思维创造你的实相。人们都在想，我想过好一点儿的生活啊，我想拥有好一点儿的亲密关系啊，我凭什么就不能嫁个好人呢？我为什么就没有那个好命呢？

想改变明天就必须先改变今天。每一个当下都是机会，可是有多少人，却沉浸在痛苦中，苦中作孽，孽上加孽。何不从自身开始改变呢？

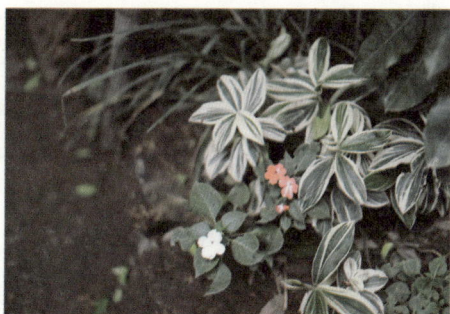

茫茫人海，也许那位妈妈一辈子也看不见我写的这篇记录，或者，她此刻就正在看。无论如何，我也想先说一句，对不起。我不够理解人性的复杂，也没有更多的智慧更好地处理当时的情况，这是我的愚昧，请原谅我。但我也希望，这篇文章，能够提醒更多的人，学会观察自己的情绪，不要做情绪的奴隶，或者最起码，不要用自己的双手，再亲手割出一个千疮百孔，将来一定会成为情绪的奴隶的小孩。

原生家庭的影响对一个人的一生很重要。妈妈们，你在生气的时候，孩子的天，是倒过来的海。你想想你的小时候。

己所不欲，勿施于人。

更何况，我相信，再不乖的小孩子，其实都是非常爱爸爸妈妈的。我们是他们在天上选的，我们不要让他们失望。将来总有一天我们也会再回到天上去，然后，我们也会再选择。你的每一点儿努力，都在推动这个红尘的改变。

珍惜当下。别辜负爱。

倦

当一具身体感觉不到任何爱的时候,
它疲倦极了,它是拿不出更多的爱啊。

搬　家

~~~

搬家。

从搬家公司雇了人，来了两个师傅，从太阳初升搬到天黑落日。

两个师傅四川籍，话很少，给他们中午订了四菜一汤，两个人一共加起来对我说了十几声谢谢。

中间某一趟，我搭他们的大车从旧家去新家，无意中聊起最近一大批外来人口的临时危险住房被拆的热点事件，才知他们并没有公司的宿舍可住，也是自己租房。租的也是便宜的房子。是的，他们就是传说中的低端产业从业人员之一。

他们也担心被清理。

他们说，也没做啥子坏事，天天过得很小心，然后还要担心。

但担心的话还没说完，车子开到了。两个人跳下来二话不说就继续搬，零下七八度的北京，他们一个人背一身家具，喘着粗气，额上大汗，进屋的时候，头上冒出一团白色暖雾。

两个人都中等身材，甚至偏瘦。我一个箱子都搬着吃力，他们一次拿绳子背起四五个。难以想象的重量，看他们也咬着牙上下楼，我只看了一眼，就不敢再看。

旁边有过路人可能也是觉得吃惊，问我，他们怎么能搬这么重？是不是专门练出来的？我说，没人练这个吧，恐怕是生活逼出来的。

我想，他们也有妻子、孩子、父母。他们的家人也许在乡下，或者哪里想着他们。不知道家人们知不知道，家里的男人，在传说中的北京，真的是在拿命换钱。

下午五点左右，婆婆告诉我，刚才听到两个师傅轻声感叹一句，实在搬不动了。我满心愧疚，一方面是不知道我们家到底是哪来的这么多身外之物；另一方面，我大概几个小时前，就担心他们搬不动了。因为东西实在太多太重了。而他们到下午五点，才第一次说累。

搬完家已经是黄昏，我给他们订了饺子。又收到了很多声感谢。结账时候我问，你们每天都搬吗？

答，几乎每天。

我又问，那你们跟公司分成多少？

答，每个大件提十块。

算完了总账，两个工人跟我说，要不零头就算了吧。我没说话，多转过去了他们自己能落袋工钱的一倍，说，你们明天休息，不搬了，好吗？

他们两个脸上，露出孩子一般的表情，很高兴、很淳朴的笑容。又是一连串的感谢。谢到我都不好意思。

真的是我应该谢他们。

他们不管从经济学上被划分成什么端的产业人群，他们都在这个冬日里帮了我大忙。没有他们，我真的搬不了这个家，我一天连这个家的二十分之一都搬不走。而给他们多一点点酬劳，也只是我唯一能做的。我自觉幸运，常年被这个世界温柔相待。那么，在我力所能及之处，我也尽量温柔待人。这是我能做的。

我希望他们知道，他们的劳动和付出，值得尊重，有人尊重。

其实，在这个城市里，甚至在这个国度里，这里的人们好得不能再好了。这里的人们，大多数其实一点儿都不关心政治，也没什么多余的心思去想些关心政治的人做出某些决定的原因。人们关心最多的是，日子能不能稍微好一点儿。哪怕就好那么一点点，也肯披荆斩棘，安生而努力地活着。

别灭了希望。

人

我自觉幸运，常年被这个世界温柔相待。
那么，在我力所能及之处，我也尽量温柔待人。
这是我能做的。

不要因为你是女人

~~~~~

　　我已经到了有点儿讨厌看新闻的年纪了。看一条新闻，心塞好几天，爆棚的正义感和自欺欺人的别生气不停打架，后来干脆戒了新闻这件事儿。好了，这十年间，我从自己不仅不做新闻了，发展到干脆也不看了。我把手机上所有的新闻app都删掉了，但还是防不胜防。比如有天，一不小心看了条硬推送到我锁屏上的社会新闻，有个妈妈为打麻将把哭闹的孩子关到旁边的狗笼里。狗笼很脏，照片看得我整个人身心不适，竭尽全力扼住想骂人的冲动。而这位妈妈接受采访时，讲到自己的动机则是因为：嫌他吵。

　　岂有此理。我刚想关了这屏，突然发现，记者采访时有一句话引起了我的注意："平时自己一个人带孩子吗？""嗯。"

这是一个很多人不明白的关键点。

我观察很多这类事件里，看似不近人情的妈妈，其实平时都是自己一个人带孩子。新闻底下的评论责怪这位妈妈施虐，但我想说，其实在这种关系里，施虐方的个人状态也好不到哪儿去。还记得我前文写过的那个在商场里指着我破口大骂，就是因为我阻止她使劲打她尿裤子的儿子的妈妈吗？她也真的是满脸疲惫，感觉烦躁到一定程度了。没生孩子的人可能并不太理解，独自带孩子有多累啊？但所有独自带过宝宝一周以上的妈妈都懂得。这种累是身体上的，心理上的，全方位的。我家曾有个做卫生的保洁姑娘，她也是刚生完孩子两三年。她跟我说，她觉得一天出来打三份工，从早八点做到晚十一点，都没有在家带孩子累。

就是这样。

所以我说，够了，在我们一次次的被这种不喜欢的新闻烦扰到的时候，是不是也应该问问，这个社会，能不能不要再鼓励女性结婚，鼓励女性生孩子了！随便看看公园一角，看看父母聚会，你就会发现催婚、催育，还有各种变相的施压歧视……七大姑八大姨还有各路心灵鸡汤，都苦口婆心告诉你——

"人生还是要有个孩子才完整。"

"家庭的意义在于孩子，爱的结晶是孩子。"

"你现在不生孩子老了会后悔。"

够了。你这辈子受过最长的套路，可能就是这些远亲近邻的套路。催的时候，是这帮人一拥而起，生出来之后也是这帮人一哄而散。别说"长辈都是为你好",这世界还缺少"我为你好"吗?这世界可能最缺的是,每个人先料理清楚自己。问别人一句:"你怎么还不生孩子啊?"很容易,而别人真的生个孩子,不容易。跟一个女人说一句:"我想和你生个孩子。"很容易,而女人真的开始实践生孩子这件事了,不容易。

我觉得事实上,这个社会更应该尊重的是女人的不想生育权。可实践起来却很不容易,有几个走入婚姻的女孩子,敢说自己要丁克?并且全家还支持自己丁克?别说公公婆婆了,有时候你就连自己爸妈和老公这关都很难过。中国的女性从很小起接受的教育就是要繁衍后代,否则就是德不配位;相反的,很多影视作品中,甚至表现出小三只要一怀孕,胜算立刻翻三番的情节。总而言之,你的肚子不生孩子,就好像对不起谁似的。而这个谁是谁?谁又会比你自己更需要你对得起?

于是,就这样,在社会的集体无意识催生中,催生出了一批又一批根本没想明白、稀里糊涂就生了,生了之后发现根本没人能帮着带、只能自己带,自己又带不动(确实,这是客观事实)的悲剧。这个时候再想上访,基本上都失败了。这种事情,你会发现,最后连个被告是谁都找不到。

也有很多生了孩子后被愤怒或现实冲通了任督二脉的优秀女性,还是突破了各种无形的束缚,过上了自己想要的生活。但是,在中国更多的母亲是走也走不开,留下也不甘心,就在这样的纠结中,蹉跎了一生,变成了自己最不喜欢的那种面目狰狞的家庭妇女。

　　关于带孩子的事情，其实本来就不是一个千古难题。"一定要自己带，绝对不要其他人尤其是老人和亲戚插手"，这是西方这些年传来的最烂的东西。事实上，有老人帮把手，实在是一种福气。不管你们之间有没有摩擦，只要你忙活不过来，婆婆、妈妈肯帮忙，首先，这都得感谢。我们的社会曾经都是一个大家族在一起生活，小孩子生出来，亲戚非常多，你家生火做饭，我家这两年喂奶没时间，那就凑合着一起吃一吃。小婴儿这个抱抱那个看看，也就不知不觉大了。人类社会从来没有像现在这样，独门独户一个女人带着一个孩子，24小时不可以离身，而且其他不带孩子的男人，以及事不关己的女人，还觉得这是正常的。这种压迫感与孤独无助感，得有多么心理健康才能丝毫不出问题？这就是盲目学西方的弊端。

只有适度地允许妈妈离开，妈妈才能更好地存在。

而对于更多还没有做妈妈的女孩子，每当有女生留言问我，默默，虽然我也不是很想要，但是我都这么大年纪了，还没有生孩子，总觉得……

我说：打住。如果你真的并不想生，那就不要生，坚持自己。那些诅咒你肯定会后悔的人，他们恐怕连自己的生活都没过明白。曾看到过一句话，说："成长的过程，的确是拼爹拼妈的过程，只不过拼的不是金钱地位，而是心理健康。"所以，你问我为人父母难在哪里？难在必须具备荆棘里开出花的能力，难在生活已经够难了，我们却只能向前。不要抱怨，不要消极，因为你的每一个负面行为，都是孩子们日日呼吸的空气。

而如果你真的想生，却只是因为害怕之后可能会遇到的困难而不敢向前，你会发现，孩子其实也很聪明，他们会在合适的时机来到你的身边。所以，不要有任何担心，也不要有任何强迫。每个人都应该为自己的选择负责任。不要因为你是女人，而忘了生而为人，你本就拥有选择权。

SEE WORLD | SEE LOVE | SEE MYSELF   SEE MYSELF STU

好

这世界还缺少"我为你好"吗？
这世界可能最缺的是，每个人先料理清楚自己。

一地鸡毛

我都走过去十几米了。

实在忍不了了，顿住，转身，踩着脚下臭鱼烂虾腥泥流汤的路，吧唧吧唧地，冲了回去。

这菜市场又腥又臭，有种各种肉类混着血的新鲜味道，闻起来是个优秀的早市。身边是人声、脚步声、苍蝇嗡嗡声，我匆匆跟身边一起拍摄的同事们轻声说了一句"等我一下"，便转身跑回身后那个卖麻雀的摊位，又看了一眼那一群挤在一起互相踩着，扑腾的羽毛满地，叫得很惊慌的小麻雀，咬牙切齿地问摊主："多少钱？"

"5块钱一只，这一兜一共30多只，给你……150吧！"摊主是个中年女人，看起来随时可以为1块钱和人当街骂架的那种面相，回答的却是满脸笑意悠然自得。我脸上画着拍摄的精致小妆，穿得正儿八经，脸上表情僵硬写满不愉快。她的摊位上除了这一兜麻雀是活物外，还有很多死物，已经杀了的鸡，泛白的尸体横七竖八地扔在案板上，铝合金的水池子，插了一根不知道从哪里接出来的脏管子咕嘟咕嘟冒着泡泡，里面很多鱼半翻白肚半不翻，艰难地挣扎着生命最后的时刻。

这个早市实在是优秀，我却快吐了。

我掏掏兜，翻出了全身上下所有的钱。今天是出来拍片的，随身也就两百来块。拿出钱来递给那个女人，我说这兜麻雀我要了。

女人娴熟地给我找了钱，问，烤来吃呀？

我本就压着火，听了更生气，脱口而出："当然不是！"

直到这一刻，我都以为，我救了那兜麻雀。

趁我收下找回的零钱装钱的空当，女人突然大声说，"美女，不是买来吃那肯定是买来放的咯，我给你放了吧！阿弥陀佛阿弥陀佛……"嘴里一边念念有词一边说话间打开了那个网兜，小麻雀们叽叽喳喳，一瞬间，全飞了上去，飞了个无影无踪。

我看懵了，觉得哪里不对头，一时惊呆，抬头看着两片民房中间那篇狭窄的天，还有零星麻雀叫。这房檐就是这女人摊位的房檐，房檐上挂着东一片西一片的网，黑黑脏脏，看不太懂到底是什么布局，但觉得自己被套路了，又一时了理不清问题在哪儿。我生气地问："你为什么在这儿就给我放了？"

女人道："哎呀你不是要放呀？放生好的呀，哎呀生气啦？哎呀呀呀，刚才你没说非要自己放的嘛，没关系没关系，我后院还有的，你还要放吗？我便宜卖你，你要多少我给你拿……"

我忍不住吼起来，我不要！

女人看我真急了，嘴里重新大声念叨起来："阿弥陀佛，阿弥陀佛，怎么放生了还生气呀，放生是功德呀，菩萨心肠大慈大悲……"

我站在原地像是被雷劈了一样，我没想过人可以不要脸到这个地步。一起拍摄的同事大乐早就已经追着我走回来，同事看到了全过程，也实在气不过。她把我拉到身后，冲那还在喋喋不休的摊主大骂道：那你为什么还要卖？！你就不该卖！

摊主还有话说。摊主大概是念叨着：哎呀谁还不是为了钱啊，家里困难没办法啊，也不是我捉的啊，我只是收了别人捉的麻雀……

大乐拉走了我说，别理她了。

我低头再次走过那条臭鱼烂虾泥塘路，却不是刚才那个意气风发冲回来的样子。

我问，我是不是很傻？

大乐安慰我说，这人她一辈子也就这样了。

我还是闷闷不乐，不是心疼自己的钱，我就是觉得自己傻。

我不后悔我生了要救麻雀的心，也不后悔去放了个被套路的生，可我觉得我在这整件事里，像个拙劣的演员，原来从一开始，她那个摊位的麻雀就不是打算卖给什么烧烤摊的，她就等着捕获我这样的人呢。就是因为有我这样的人存在，她的这笔肮脏的生意才能一天一天

这么娴熟地做下去……我越想越气，这世界到底怎么了？

　　"孩子，你积累了你的福报，她丧失了她的福报。"

　　一个有点儿气息不稳又苍老的声音在我身后响起，我回头一看，一个满头白发卷的老奶奶，挎着个篮子，气喘吁吁地快步追在我后面。我停下来等她，有点儿纳闷地看着她。她气色很好，头发一丝不苟，穿的也讲究，小菜篮里都是些新鲜蔬菜，看起来就是一副热爱生活的样子。老奶奶追上我，跟我们一起往前走，边走边劝我说："我看到了，告诉你哇，不要不开心，你做了，你就有你的福报，她有她的业报。"

　　我苦笑，知道路人是来安慰，可就是没有感觉好一点儿。我说，谢谢奶奶，我不为得到什么福报，我就是看不得麻雀那样互相踩着快死了，我以为它们快要被拔毛杀掉做成烤串了，我看到心里难过。所以我就想着要救，我就做了。可我真的没有想到会有人因为赚钱把人心这事情弄得这么恶心，我想她肯定隔三岔五撒着粮食把这些麻雀再捉回来，放这儿唬我这样的人，她把别人当傻子，她这样闭着眼睛蒙着心赚钱，她……

　　我委屈起来，排山倒海地一气儿把心里的不解说了出来。

　　老奶奶笑了，她说："没关系呀，没关系闺女。做就做啦，别往坏处想。还会不会再被逮是麻雀的命，还会不会再做这生意是那个人的命。你只做了芝麻一点儿事，却要管后面千百年呀？"

　　我还是觉得心里不痛快："我觉得帮了倒忙，不仅没救麻雀，还助长了那人的坏心眼，我不知道下次再遇上这样看起来要死的小动物，我是信还是不信，是救还是不救？"

老奶奶说："你终究也是要死的，你今天活还是不活？"

我一愣。

回过神来，老奶奶已经不见了。

告别菜市场，拍摄结束后，回宾馆我又想起这件事。

回头一看，不说别人，看到了自己。

对做的事总有个高大上伟光正的结果预设，不达标就气馁，否定全盘，在意面子，质疑意义。我看到了自己，一个那么希望结果如我所料的热血女汉子，却总是那么容易被恐惧打倒。做了一点点发自内心的善事，在过程中出现了违缘，却都会恐惧、惊慌、受伤，不想、不敢、不愿再做善良的选择。

其实，别总盯着别人做错了什么，自己的心啊，也不够明，不够定。如果你觉得这个世界那么糟，只有自己足够好，那么，你有没有想过，每件糟糕的事，你也都在场？

那件事情根本没有那么要紧。鸟飞不飞，我傻不傻，摊主贪不贪。

我们在这事里面，都紧紧地抓取着自己觉得要紧的东西，鸟为一口食，我为一口气，摊主为一点儿钱，都是无明。

一地鸡毛，飞出了所有人心中的陈年老灰。

灰扬起来了好啊，我看见了，我扫。

你

如果你觉得这个世界那么糟，只有自己足够好，

那么，你有没有想过，每件糟糕的事，你也都在场？

有一种生活叫作慢慢来|清迈记

从上一次提笔，到这一次提笔，时隔四个月，我什么东西都没有写，写不出来。不是因为心里没东西卡壳了，因为感知到的太多。

这段时间我去了两次清迈，一次香港，一次厦门，进了很多次北京城，也在我村度过很多个日日夜夜。

见了很多人，新的、旧的。

遇了很多事，旧的、新的。

依然很喜欢这个世界，尽管它有时候充满麻烦；依然内心渴望表达，尽管写不成文立不了字。

我能触摸到一朵花开的力量，能感受到一棵小草的美妙，能在万事万物中感受到宇宙的伟大和无处不在的爱，但是说不出来了，憋。

感受蓬勃而来，憋在喉咙，顿在指尖。

因为我觉得语言和文字其实是单薄的，纵妙语如珠，见字如面，然这世上但凡落地的，便终究是线性了。话一出口，心中全息的影像就只能被挤成沿着时间线的牙膏，排着队地依次流出，其实它们本没有前后左右。我脑海里已经有了千星之城啊，可说出口却只能是条单行道，于是塞车。

让我想想，我该先让哪艘飞船先过路呢？

先说说晓丹吧。

晓丹是我在清迈捡到的一颗明珠。她笑起来的样子，让我觉得像泥土里冒出来的小嫩芽，天上吹过的柔柔的风，池塘里鱼儿自由自在游过甩身留下的小尾巴。

晓丹是中泰混血，泰文说得很溜但不识字（泰文），哈哈，菜做得很好，但其实主业是经营客栈。我连着有几天时间，都是拖着普洱在她家蹭饭解决生计问题。每次茶余饭饱之后，我们都忍不住谈点儿吃喝层面以外的事情。

记得有一天，我们不知不觉聊到了自己不够出名件事情。说起用心书写的文章但点击率却始终不如网上那些爆款鸡汤时尚红人的零头，晓丹说："唉，我们这种人，也不想把什么事情说得太极端，也不想做一些定性评判的达人鉴赏，更没兴趣做意见领袖，所以我们这样的人写的文章，阅读量也就可想而知了。"

我当时点点头，结果后来发现，什么啊！阅读量不高的只有我一个好吗？泪。晓丹可比我写得好多了，她有个微信公众号叫"林晓丹在清迈",超级实用又好玩,推荐大家翻翻。

晓丹还有一个故事我非常喜欢。

关于她的好朋友瑜伽老师iko在一次心灵交流课上的故事。那节课大伙儿大概是谈到了家人,有一个学员刚巧家人去世,触动了心弦,当场哭了。iko于是说,那大家每个人都分享一下自己的经历吧。有一个人张口就来:那个谁谁谁啊,我建议啊,最近有一部电影,叫作《寻梦环游记》,你去看一下。看完你就不会有这个烦恼了……iko打断他,说:"停,不要建议,只要分享。我们任何人没有资格给别人建议!每个人都分享自己就好,不要试图去建议别人的人生!"

晓丹讲到这里,用她特有的软糯又婉转的声音大声强调说:"太对了,就是这种感觉,我们没有人需要别人的建议,没人有资格给人建议人生,每个人都是不同的,分享自己就好了,充分地尊重每个不同的个体!"

我非常非常喜欢这个表达。

你看啊,我们的生活充斥着各种各样的建议。手机里教你做100分女人的公众号、电梯里喊你不要输在起跑线上的广告,还有微博、电视、电影、电台……好多都在努力地劝说着人们这样活才成功那样活才没输……

到处都是建议,给建议的那些人仿佛都已经从人生这堂课里毕业了,凯旋了。

你需要那么多的建议吗?

那些人比你更知道你该怎么活吗？

每个人都在说，没有人听。

每个人都想被听到，于是全部捂着耳朵在叫喊。

晓丹教给我的，是听的本领。

真心地听，敞开自我，心能量完全地打开，顺畅地流动。

因为客栈老板的身份，她每天接触很多不一样的人，中国人、泰国人、其他外国人。中国客人里有闹着别扭来的小情侣，有早上五点起来要吃早餐的老人家，有带着孩子想玩却玩不好的年轻夫妇，还有很多很多各式各样的泰国工人、泰国律师等等。

晓丹不是八面玲珑，她是上善若水。她可以和任何人接触，唯一的秘诀只是，她没有那么多的我执。

她不与人争辩，不是因为她把火气都压在心里，她首先付出，她的倾听里带着理解。

她也真的很能包容，和不同的人即便想法不同，也可以找到共同点一起愉快地玩耍，而不是去提供什么建议，企图同化、格式化其他。

我想起了另一件异曲同工之妙的事，来自我的研究生老师宋晓阳。

她有天发朋友圈，说去了个网上对服务态度差评率很高的地方。晓阳老师说："来了这个看点评说前台脸色很难看的地儿，但我没感觉到，因为说话的时候，我先微笑了。"

懂了吗？

这是个美妙的秘密，你是什么，你便吸引来什么。我想这个世界上是有一些知道这个秘密的人的。也有很多若有似无隐隐地抓住了这个秘密一些影子的人。如果还没有能够完全娴熟地运用它，没关系，请保持信心，锻炼内心的平静。平静会带来开放，开放才会真的接纳。

当一个人心里的执着太多时，容易浑身是棱角。如果加上年轻也许会很好看，被一些人认为是个性，是与众不同……但当一个人心里没有那么多的执着时，这个世界对他来说，就简单了。

把垃圾清完了，光才会照进来。

而光会带给我们的，超乎我们原来是满屋垃圾时的想象。

晓丹还有件事很奇特。她有天骑着摩托车带我去逛了清迈当地最好喝的咖啡馆之一，咖啡馆生意火爆名不虚传，据说当天可以根据你

的脸给你做拉花的帅哥老板本人并不在，但依旧没什么座位了。晓丹摩托车路边潇洒地一停，挥手带我说，跟我走。

我诧异，指着摩托车上的东西说，这些你都不拿啦？

晓丹自信地说，没关系，不会丢的，在清迈我们都这样。

结果半个月之后，晓丹有事要回一趟中国，这才发现，她的护照已丢了半个月了。哈哈，当然不是那天丢的，后来根据她的回忆，是在那天之前她有一次坐车就已经丢了。我们几个朋友轮番笑话了她，原来放下豪言壮语不怕丢东西的那天，东西早就已经丢过了呀。

后来晓丹回中国办事的那一个月，也见了很多非常"聪明"的人和事，几度感叹，自己智商似乎不够用了。她说，我在泰国闲散惯了，感觉是不带脑子在生活，回来觉得在这里，我这个样子，活不过两集啊！我是不是要改改啊，呜呜呜。我说你不用改，你觉得那些用大脑写算法生活的人，多得到了些什么吗？而你凭着灵感直觉生活，这一路走来，又失去过什么吗？

　　说到这里我想讲一下我对清迈的感觉。

　　没去之前真的不太明白邓丽君为什么会唱小城故事，为什么会选择在这里定居到最终离去？去了之后更纳闷了，看惯了我国动辄修得富丽堂皇的基础设施建设，第一次去到清迈时我心想，这不就是一个破村镇嘛！满街的电线杆子！我为什么要来看一个村子？

　　但待得久了，慢慢品出了看似破败中的那份悠然。我的朋友卜亦然有间宅子在清迈，是一个800平方米的大院子，我第一次去清迈时就住在她家里，整个人的气也像是舒张开来：

早上从一醒来便随时可以听到不同鸟类的合唱，布谷、布谷、咕咕、啾啾、喳喳、咻。热带植物们带着大自然的恩宠野蛮生长，仿佛这才该是生命本身恣意自由的模样。没有那么多高楼大厦精致的钢筋水泥丛林。散了手脚摊在床上，景色撞进眼里，便可以假装挣脱了时间的框框了。

　　我之前一直不知道清迈好在哪里，那时大概知道了一点点。它是带节奏的。带你慢下来。我当时写下一段这样的文字：

　　旁边的寺庙早上开始诵经

　　在早课声中醒来

　　下楼吃了早餐

　　坐在院子里欣赏一只小鸟的solo表演

　　和着雨声滴滴答答

　　这里家家户户门口大都有佛龛

　　用来感恩神的馈赠

　　恐惧才求保佑

　　爱则讲感恩

　　的确是值得感恩

　　感恩在这里大自然和人均被如此善待

　　不用担心天会冷

　　不用担心没有什么可吃

　　植物不担心

人也不担心

满地水果都甜的天真

每一口都好像吃到了它们生长时的愉悦

就连时间禁锢感到了这里

似乎都像是松了几环的紧箍咒

仿佛做什么都可以

不做什么也可以

日子就是用来混的

可以胸无大志

也不需要大志

当医疗　教育　房产都变成轻而易举的福利时

人们便不那么容易着急

剩下的大概就是些理想了

想实现也行　去努力

不能实现也罢　去虚度

即使就想做个虚度光阴的咸鱼

也有安心做咸鱼的权利。

说起泰国的慢，我觉得是可以让我这种骨子里就慢慢悠悠、闲散散的人觉得找到组织的非常愉悦的慢。

泰国话有一句话，泰文发音"宅茵茵"。意思是慢慢来。

记得第二次去清迈时有些法务上的事情要去律师事务所找律师帮

忙核对。律师是美国人，全家搬来清迈住，孩子在上学，他助理是泰国人，老板也是泰国人。我们约第二天早上再碰面开会的时间时，我说：

"要不就明天早上八点？"

对于被国内早上送孩子上学时间折磨得已无反抗之力的我来说，觉得早上八点已经很平常了，没想到泰国人、美国人以及在清迈住久了的中国人一起摇头说No，我们九点之前不开工的。

我当时心里无数个小问号？但事后证明，在泰国连续住了一个月后，我觉得9点以后开始一天的工作才是人性化的啊！以至于我回国后，再一次要从寒冷料峭的气温中爬起，并且才早上七点的时候，我内心真的非常不解我国大部分领土处于温带地区，为什么上学时间那么早啊，为什么，大家为什么这样互相折磨哪。

泰国的慢不仅体现在一天早上的开始，也体现在心态上。人们不着急非要达成个什么目的，所以也就有了很多气定神闲，和对自然、对自身的尊重。宁曼路整条街，已经禁止再盖高层公寓楼，因为泰国人民说，不想让楼层挡住美景。

整个清迈城，大片大片的绿地，就放在那儿，长满花花草草，没人想着去买了它推了它盖了它。

周末，你很难找到愿意上班的工人，因为工人要休假。

即便是在银行办事，也没有熙熙攘攘速战速决的压迫感，工作人员和办事的人中间只隔着一张桌子，根本没有玻璃罩子，有时候还会聊上两句，气定神闲。

我家有急性子的人，刚开始过去头几天被泰国人的慢真的逼到要跳脚了。但是待的时间久了，这种慢的频率会慢慢震掉一个人身上的浮躁，就像是拔了火罐、扎了针灸一样，泄了一身的无明火，反而晚上睡得香甜。

待得久了人会发现，其实"快"是根本没必要的。

慢慢来，急什么呀？你说说看，人生有什么是正经事？挣钱？排队？上学？结婚？打败竞争对手？争取所谓的人生主动权？买房子？还贷款？……人生的事情，是做不完的，更是急不来的，放轻松，"宅茵茵"。

泰国人虽然慢，但是在他们的缓慢中，藏着一种对生活的赤子之心。

记得第二次去清迈的时候，我住在清迈湄平河边一栋白色的房子里，房子旁边有一个学校。每天下午四五点钟学校放学的时候，巷子口的小摊就出来了，卖些我看不太懂的小零食。跟电影《天才枪手》里打扮得一模一样的女孩子们，白色的上衣、深色的校服裙，头上白色的发带绑着马尾辫，成群结队地站在巷口小摊前，买些我看不太懂的小零食。

我看她们的脸，表情很简单，不管是开心还是不开心，笑还是没笑，都没有那么多复杂。

然后我去住所对面的洗衣店洗衣服，20泰铢一次，自助洗衣。洗衣店也是个小卖部，卖一些泰国小零食、日常用品。看店的总是一个年纪很轻的女孩子，我还记得我走进店，跟她比画着说我想洗衣服，

怎么操作的时候,她抬起头来看我的表情。眼里是放光的,但不是那种可算来生意了的精光,是一种单纯善良和喜悦的光。特别特别友好,就像夏日里阳光下的薄荷糖。她也连比带画地跟我说话,教我如何使用她们的洗衣机,我没学会怎么用洗衣机,也没听懂她的泰式英语,但我牢牢记住了她的笑容和友好,真的很暖。

我一开始以为,这是泰国服务业的传统,服务人员就是很客气,双手合十"萨瓦迪卡",买完东西必说"三克油"。但是在清迈住得久了一点儿,看到大多数泰国人其实都是这样的,总的来说,友好值很高。

比如有天晚上我打uber回家,一个女司机接单了。头像很讲究,是一张精心打扮的自拍照,笑容很灿烂。我点开头像一看:

接单数:2

自我评价:nice

哈哈,原来到我这儿,才是她第二次做uber司机拉人哪。我站在路边等了十来分钟,果然,迟迟不见来,并且眼看她的小图标在地图上越绕越远了。我慢慢等着,知道泰国人民的风格是催也没有用,我正好也不喜欢催人。再等了一会儿,她来了,我打开车门的时候,她慌慌忙忙回过头来一个劲儿地道歉,很可爱的笑容!并且连着说了数不清的"sorry, sorry, I'm so sorry"然后跟我解释她迷路了,好着急,找不到等等。

我也笑着跟她说没关系呀。她双手合十又向我拜了好几拜,以示礼貌。接着车开了,我在后座打量她。她真的是好可爱的一个女孩子，她大概是把当uber司机出来干活当成一件很重要的事情在做呢。小女孩画了一个非常精致、浓淡相宜的妆面，头发上戴着一个花发带，在头顶打成一个漂亮的结。她身穿一件同款花色的背心，很健康的小麦肤色。我能感觉到她对这份工作的认真、认真的可爱。而这份可爱背后，也是对生活的信任和爱。

还有一位也是在泰国认识的泰国姑娘叫世玉，刚认识时她是我入住酒店的主管，我们认识的当天她正好在前台帮忙，中文说得非常好，是清华大学毕业回到泰国的。现在她已经是泰国外交部的实习人员啦！非常优秀而温暖的一个女孩子。

还记得我后来再一次到清迈，是单独带着普洱去的，外面餐厅可以吃到的冬阴功汤什么的对普洱来说有些辣，我自己租的房子煤气还没通，做饭很不方便，那段时间多亏了晓丹和世玉的照料。世玉看到我带孩子跑来跑去很辛苦，烈日下开车帮我去买了一大堆生活必需品，并且她上早班路过我家门口时，也都会默默地帮我买好泰国当地好吃的早餐，还贴心地在标签上用中文注明是什么东西，给我送到门口，挂在门上，默默地发条短信就走。感恩泰国人民的友善相待，也让我感觉自己真的是个非常有福气的人。

清迈也确确实实是一个让人很容易有幸福感的地方。

水果是甜的，（是的写下这句话我自己都觉得好笑呀，什么时候水果是甜的居然值得歌功颂德了）菜是有菜味的，空气净化器是不存在的，秋裤这个东西也是不存在的，当然我也见过一些泰国人民穿着皮衣毛衣拗一凹造型，那感觉着实非常可爱了。

清迈是个寺庙非常多的城市，我倒真的不推荐几个著名的大庙，因为里面的游客非常多。你完全可以随便逛逛小的寺庙，其实也很棒。

　　清迈的一些寺庙里，是可以和和尚聊天探讨佛法的，我曾经在契迪龙寺里见过一回，僧人们坐在椅子上和游客聊天。不过我当时想了想我连用中文都表述不清对佛法的想法，英文也就算了吧，哈哈。泰国因为是佛教国家，所以据晓丹讲，她们小时候在泰国读书上学时，课本里都会教育孩子们，要行善积德，要尊重因果，做好事会怎样，做坏事会怎样。我的朋友小段有一次去了斯里兰卡（也是佛教国家）回来后说："最难忘的是那里人们纯真的笑。在一个信奉佛教的国家，也许最美的风景，就是这里的人们。"

深以为然。

这是古城里一个我没记住名字的小寺庙，并不出名，也不要门票，可以随便进去走走。我猜想这应该是个很有爱心的寺庙，因为在这个庙里看到了很多的流浪猫和流浪狗，它们和僧人们和谐相处。

写到最后，想说，
清迈给我的感觉，是一个层次丰富的城市。
它既可以让你在那里做massage（按摩，下同），也可以让你的精神感觉得到了massage。当然如果有人反感凡事走的深的话，想只是简简单单表表面面的massage，那里也可以做到。
这上上下下之间，勾勒出了一个立体的清迈。
立体的城市才适合立体的人呀，
我们不是一个薄片，城市也不是。
人和城市的好，都要放轻松，慢慢品。
宅茵茵（注：泰语，慢慢来的意思）……

光

当一个人心里的执着太多时，容易浑身是棱角。

当一个人心里没有那么多的执着时，这个世界对他来说，就简单了。

把垃圾清完了，光才会照进来。

CHAPTER FOUR

别忘记我们萌芽时多么珍贵

那些耐过的寂寞，熬过的寒冷，顶住的决心，
每一步都不会白费，抖抖新长出来的嫩绿的叶子，
后面的征程还很长，
长到你可能会忘记你曾经做了多少努力才来到了今天。

妙是万物生

~~~~~~

刚搬到村里住的时候，大自然的好扑面而来。

生活慢了下来，眼见院子里一朵花开，一朵花谢；雨水从天而降砸到泥土里溅起的身姿；潮湿的砖石上一只蚯蚓努力爬向泥土的过程；一只小螳螂在兰花草间旋转跳跃，然后落进泥土里，瞬间不见了。

原以为一草一木只是用来赏心悦目的，住得久了，发现万物生长，都是人的老师。

那天我受邀参加一场时装发布会。

彼时还未辞去主持人的身份，还在做某卫视一档时尚美妆类节

目。每次从村里开去城里繁华的中心，需要两个多小时，途中会经过一条很长的，两边全是树荫连天的大树的小路，然后在路的尽头，猛然汇入高楼大厦，车水马龙。

那天又经过这条树荫连天的小路。我一边开车，一边抑制不住的心事翻腾，对自己的不满和厌烦到达顶点。我觉得自己活得失败极了，觉得自己是个没用的人。我不知道自己这样的日子一天天是在干什么。我三十岁了，碌碌无为，一事无成。我不是个当红的主持人，也没有其他拿得出手的社会身份，就连家庭主妇也做得不好，因为我原本就不是个喜欢待在家里，每日眼里心里只有老公和孩子的人啊。

还记得那天，我越想越郁闷，眼前的美景也没办法冲淡我心中对自己的不满。我想到身边很多很优秀的朋友，早就已经是某个领域里的专家，大家都有各自专注的领域，有一席之地，我呢？我为这个社会做了点儿什么？我为我自己做了点儿什么？我拥有足够令自己安全的赚钱能力吗？我的才华在哪儿？天赋在哪儿？我是谁？如果说我是个马上要去参加时尚活动的自媒体人，我也觉得抬不起头来。因为我没有专心在做网红博主，也没有全心全意经营自己的主持人身份，和很多媒体同行们比起来，我太不努力了。我简直是在过断裂的日子，时间的这头是粗布麻衣地站在土里弄花浇水，素面朝天带着孩子换尿布洗衣服；时间的那头是精致时装踩着高跟鞋提神提气笑容得体妆容层叠假装有范儿。我很羡慕别人，我觉得所有人都彻彻底底地知道自己要什么，哪怕是个路边卖凉皮的大叔。

而我，活得既不炸裂也不炫酷，还没有态度，更没有未来。

我也想有一份自己真心喜欢的事业，我也想有拿得出手的样子，和你们交流。

心情极差，思绪飞天，就这么一路开着，像是个麻木而暴躁的行尸走肉。突然一脚刹车，几乎是本能的，我被逼停了：我看到前面不远处，有辆车翻车了，是一辆黑色的小轿车从路边开了出去，路两边都是草地斜坡，它就栽在一侧的草地里。救援车辆横在路中间，正在拿吊钩往起吊，也堵住了这条不宽的小路。

我在还有十几米的地方停下来，看着眼前的交通事故，对自己极

度不满的飞扬思绪也因为路不通畅而一下子被截停。没事做，扭头看看窗外。突然发现，在路的另一侧斜坡，有一个老头，赶着一群羊走来。

那画面好美啊，下午两三点的光，被树荫柔和地筛选了落下来，洒在老爷爷身上，一群大大小小的奶白色的羊，咩咩地叫着，缓缓地走着，就在我车边停了下来。羊们开始低头吃草，遍地都是翠绿，翠绿上白羊像棉花一样星星点点。老头着一身灰灰的旧衫，手里拿着一个像是柳条的东西，悠闲地靠在一棵大树上，静静地看着他的羊群吃草。

天知道，就这么一个画面，我目不转睛地看了多久。实在太治愈了。

突然身后喇叭声此起彼伏，扭头一看，前面的路不知道什么时候通了。好吧，继续开，继续往城里开，往名利场里开。

　　到达了时装发布会现场，照例镁光灯闪烁，灯红酒绿，人面桃花。做完活动接受采访时，我看到了一个熟悉的身影，是小七！她是模特出身，这几年也在做演员，聪明、漂亮、好身材、仗义又霸气。更重要的是，她也是早早结婚做了妈妈，我们有时候会在一起探讨些养孩子的心得，不说她已经育有一个女儿，单看她的外貌和长相根本猜不出来她已经是有孩子的人了。我俩看到彼此都很高兴，很久没见了！于是忙完了工作避开所有人聊了起来。

　　这一聊，惊涛骇浪。

　　我说小七你今年真的是大发力了啊，好几部作品里都有看到你哇，好羡慕你事业红红火火。小七垂下头来叹了口气，无奈的表情一瞬而逝，说："还不都是生活逼得嘛！我要是有你这么好的老公和家庭，我也像你一样能不出来干活就不出来干活。"我纳闷："你不是也挺好吗？还记得上次你说你们全家要一起去旅游……"小七直爽，打断我说："离婚了。"

这仨字一出，她自己一愣，像是在想下面的详情还要不要说。犹豫了几秒，她接着说："我一直没跟你们说，我今年离婚了。他……吸了毒。"

吸毒？我一惊。离婚我可以理解，有时候两个人过不到一起了，分开未必是件坏事。但是吸毒这是怎么回事？小七美艳的大眼睛暗淡了，随后抬起来看着我说："默默，很多人觉得我外表看起来性感又外向，不像个顾家的人什么的，呵呵，是，连我自己也都一直以为是这样，我以为我不甩了他就不错了。结果我没想到，我们家居然是老梁出了事情。你知道吗，他先是在外面有了人，找了个夜总会的女人，然后在那个女人的带领下，开始吸毒。我一直都不知道，只觉得他越来越不爱回家，而且家里的车也没了。问他，他说，他开去外地改装了，我也信了，那时候都没想过他竟然是为了吸毒把家里的车卖了。直到年初有一天……我带着女儿在家。突然有人来敲我们家门，一看就气势汹汹来者不善，直接把一张抵押单拍在我面前说，我们家房子已经被老梁抵押了，还不上钱就收房。我质问老梁，他恼羞成怒，最后彻底不回家了，有时还半夜发信息骂我……我觉得他的精神好像都已经不那么正常了，后来我们离了婚，所有的东西都留给他了，我搬出了我们曾经一起用心布置的家，我只有一个要求，女儿归我。"

我听得嘴都张圆了，小七看了我一眼，苦笑继续说道："是，我也没想到，我的日子竟然过成了这样。我一直以为我们只是结婚年头长了，婚姻上出了点儿小问题，挺一挺就过去了……没想到，他竟然走到这一步，他其实是那么优秀一个人，我到现在都想不明白他为什么生意失败就能这样，失败了可以重来啊……"

小七说到这里第一次哽咽。她绝口不提自己有多苦，却因为遗憾前夫的坠落而难过。我不知道该说些什么，突然明白了小七为什么今年开始，像打了鸡血一样地工作。小七说："他垮了我不能垮不是吗，我还有女儿，我房子不要了，人也不要了。可总得给我女儿挣出个未来吧。"

小七诚恳地看着我说："所以我说羡慕你，真的不是客套。当然也不是说我现在的生活有什么不好，我过得挺充实的，可是有时候也会想，如果能过你这样的日子，真的是无聊无奇无人知又怎样，幸福啊。"说完小七电话响了，是一个制片人打来的，一个新戏的试戏。小七拨拨头发，呼了一口气，吸了一口气。再看过去，又是那个美艳耀眼没心事儿的女艺人的样子，好像刚才发生的一切都只是场天方夜谭。小七说："我走了，等下还有工作。你要好好的哟。"

告别了小七，我往村里开。

穿过高楼大厦，一个不起眼的路口，又拐进那条我熟悉的回家小路。两旁大树参天，光影已是落日夕阳。我一路思绪又炸了，有我自己未解决的心事，又加上了小七风浪迭起的故事。心疼小七，也对自己的人生疑惑。是的，故事让人唏嘘人生，可人终究只能被自己说服。相比小七的故事，我虽然在这世界上不声不响过得安全极了，可是，心里的自卑还是挥不去。

起码人家都有故事，我呢？

我安全，平凡，面目模糊。这不酷，这不厉害，这没有意义。

突然，一个急转弯，熟悉的画面又映入眼帘。

翠绿草坡上白色的星星点点，是放羊的老人和它的羊群！他们居然还在！几个小时过去了，我去了一趟城里，光怪陆离的时尚圈走了一遭，听了些大风大浪的故事，回来后，他们居然还在这里。

几乎原地。几乎一动不动。带着初见时一模一样的安详、悠然、自得。

老爷子换了棵树靠，依旧慢悠悠挥舞着他手里的柳条，像是在享受时光。羊群散布的方式有了轻微的改变，依旧安详吃草。一切美好的跟我出城路上看到的一样，时间在这里，像是静止了。

也许时间本身就是不存在的，是我们强加了时间滴答滴答那焦虑的意义。

我放慢了车速，在路边找了安全的地方停下来，下了车，脚踩在地上。脚落地的一瞬，有一些新鲜的小草尖，软软地、痒痒地触到了我的脚脖子，人的皮肤和大自然的造物接触的那刹那，我突然像是明白了什么。

什么是活着的意义？

辛弃疾是诗，陶渊明也是诗。岳飞是活，陆羽也是活。能够穿越腥风血雨做出一番事业是人间的英雄，学会心安理得地享受这世界的平凡与美好也是人生必要的功课。

你看这小草。它们千百万个看起来一模一样地长在地上，可是它们其实各有不同。它们是平凡的，但它们是坦荡的。没有哪棵小草跳起来说"因为我没有比旁边其他小草更出色我不想活了"。它们无条件地爱着自己的生命，雨来仰头迎雨畅饮，日出仰头呼吸光芒。它们从不怀疑自己是谁，凭什么生活在这个地球上，它们也不比较自己的贡献有没有比别的小草多一点儿。它们不后悔生，也不焦虑死。它们知道生死起落不过是生命的一个循环，落进泥土里的自己，还会以新的方式再一次长出来。它们是真正懂得大自然的爱的生物，于是它们也是大自然的爱的一分子。

人们常说，如果你死过，你会知道生的可贵。可是有很多人包括我曾经都会说，我没死过，我只活一次。我对人生深深地焦虑，觉得我现在的一切都很不够，很不可贵。你有没有想过，也许，这个想法从头到尾都错了。我们每个人都死过。我们就是从死亡中来的。每一个人从妈妈肚子里生出来，都是一次新生，那么新生之前是什么呢？

而站在一生的视角来看生活，每一天不过是短短一瞬。我们的一生和一株植物的一生其实没有区别，都有向下扎根的时刻，也有发芽绽放的时刻。只是人是很健忘的动物，来到了某一刻，就忘记自己曾经做过什么。忘记自己埋在绝望的土里，是为了体会发芽的快乐，忘记了每一个平凡的享受阳光的寻常日子，之前曾有多少的努力。你去看看泥土。泥土里，有无数颗蛰伏的种子。每一颗种子，在泥土里的时候，周围的一切都是黑的。破土初见空气的那一刻，之前许已是不知过了多少日。那些耐过的寂寞、熬过的寒冷、顶住的决心，每一步都不会白费，抖抖新长出来的嫩绿的叶子，后面的征程也许还很长。长到你可能会忘记你曾经做了多少努力才来到了今天。但种子的精神在骨髓里面。

你已萌芽了，别忘记自己的珍贵。像植物一样，柔软而无法被战胜地，心无旁骛地向着光亮那方，野蛮生长吧。

芽

我们的一生和一株植物的一生其实没有区别，
都有向下扎根的时刻，也有发芽绽放的时刻。
只是人是很健忘的动物，来到了某一刻，就忘记自己曾经做过什么。

微型家书

~~~~~~

老公：

最近夜里觉特别少，但也不困，今天九点睡，半夜两点醒来，到现在还没睡着。一直在看手机里的照片。主要是看你们。然后脑子里在想些关于未来到底应该如何做、想过什么样的生活的问题。

我发现对于我来说，全世界只有三个人会让我的内心变得无比平静——你、普洱、龙井。只要和你们在一起，我就觉得，可以什么都不想，静静地在一起就好了。别的什么都不想要。

也许你会觉得我太不现实，但事实上，我确实就是这样想的。不管世俗意义上给这样的想法定义为什么，我是这样的人，我并不羞于

承认它。在这个世间，和你们相处，手触碰到你们的皮肤，与你们一起欢笑的时候……那感觉是实在的。其他的，比如取悦集体意识、操控集体意识、分析集体意识……以及试图从中获得名利钱财，还有很多人误以为是友情的人情等等，这些七七八八，我全都不在乎。那些多余的快感，遥远的好像是很多环以外的拉煤车。

　　这几天晚上哄着龙井睡觉，他小小一点儿，好爱笑嘻嘻地往我怀里钻。他刚洗完澡的头发是毛茸茸的，呼吸是热腾腾的，皮肤光滑柔软不藏心事。我真的是摸不够啊，他睡着了，我还会轻轻地摸摸他的头，看着他傻笑。

这一刻时间仿佛停住了。这一刻时间从未停下来。

我知道，这一生，说慢也慢，说快很快也就会过去了。

孩子们小的时候；

你还黑发，经常忙到深夜，走路疾步如飞的时候；

爸妈都在，帮我们忙，有时候也被我们气到骂人的时候；

我们的一切如现在所见的时候……很快就会过去了。

我仿佛能看到他们长大了的模样——他们开始第一次离开家；他们开始有些拘谨地和我们保持距离却又有些兴奋地准备去探索世界；他们脸上也有了复杂和成熟的表情……这一生，真的很快很快就过去了，在整个人类时间的长河里，不过是明灭的短短一瞬。甚至不用说人类，只说自己，在一场生和另一场生之间，佛教叫中阴身的时候，回想起这看似长长的一生，也都短的就像几帧画面。没几个人会记得自己花过的钱，哭过的电影，笑过的真人秀，买过的无数垃圾，赚过的每笔收入。会记得的，只是爱。

这是我们所有人此生存在的唯一目的：认出爱，活出爱，成为爱。

那爱是什么呢？爱是笑，是泪；是理解，也是不解；是同仇敌忾，也可能是反目成仇；是跌宕起伏后的涅槃重生，也是些可能平凡的都不能再平凡的瞬间。一切的关系里都有爱，爱是每一刻。

　　所以这一生，人到底在活什么？我觉得，活的是个感觉。找到自己想要的感觉，并且体会它。没什么事情，比这个，还重要了。

陈
2017.11.14西安

爱

没几个人会记得自己花过的钱，哭过的电影，笑过的真人秀，
买过的无数垃圾，赚过的每笔收入。
会记得的，只是爱。

轮回游戏

很长时间了。关于命运，关于日子，我都一直隐隐约约觉得有什么玄机，但就是参不透。那些奇怪的梦、遇到的人、独特的成长经历，还有看上去各不相同千疮百孔的内心伤痛……你可以说这太正常，因为人们常说幸福往往只有一张面孔而痛苦却千变万化。但我好奇的是，千变万化的痛苦中，为什么你独独被选中体会这几种，而我集中去体验那几样？

别说不是生命中那些快要窒息的时刻造就了你。只有强烈的冲击在你我的脑海中留下烙印，才让你成为今天的你，我成为今天的我。所以，我相信，我们所有经历过的，你记得也好、你忘掉也罢，它们似乎都有着皮肤以下血脉之中看不见的联系。那些爱，那些恨；那些求之不得，那些避之不及；那些到不了，那些回不去；那些之所以让我成为我让你成为你的东西，那些梦里出现的仿佛另一个时空里的幻境，那些今生再也不想遇见却又像文身一样印在心上的人和事，那一定不仅仅是我们常说的——命。

直到遇到了美国心理学家布莱恩维斯博士写的《轮回》这本书，我心中的一些疑问被解开。布莱恩维斯本是一名传统的心理学家，在一次给个案案主的治疗中使用催眠疗法，无意中回溯了案主的前世，从而开启了他对前世回溯的探索。

《轮回》里最精彩的部分，是用大量的实例，讲了被各式各样生活难题困扰的人们，通过催眠疗法，回溯到自己的前世，甚至未来，从而了解自己今生问题的症结，变得积极面对生活的故事。这本书里的故事也许并不跌宕起伏，但是，都直击人心。我记得有一个故事，我那晚躺在床上看，突然间看到崩溃大哭，是大哭，哭了很久才拾起书来继续看。如果你也感兴趣，不妨买来感受一下。那么多的案例，总有一两个，我相信，也会勾起你内心深处无处诉说的隐痛。

我每每逢人便推荐《轮回》，但也知道，懂的人，自然会爱；不懂的人，可能会反感。毕竟，前几年，我天不怕地不怕的时候，也觉得，所有肉眼看不见的东西，都可以归为骗术。

爱一个人要看缘分，爱一本书也要。

早几年让我碰到《轮回》，可能也就错过了。我出生于一个"革命家庭"。"革命家庭"那几个字刻在一个木牌子上，一直挂在我老家的院子门口，我就一直那样地看着它们，从小长到大。而我的爷爷，是个老党员，他年轻的时候，曾经寒冬腊月带头跳进冰冷的水沟疏通水渠。岸上的人问他，不冷吗？他说，冷，但没关系，因为我是个共产党员。爷爷身上，我能看到信仰在一个人心中闪着光的样子。爷爷临终前的那几年，反复告诫我，要入党。他说，他对党有感情，党改变了他很多，党是好党。我没听话。这么多年来，连一份入党申请书都没写过。然而也是我的党员爷爷，在去世后，数度在梦里对我微笑，让我开始相信，人与宇宙之间，一定不只是单纯的无产阶级马克思主义革命情。

还记得几年前办完爷爷的葬礼后，在回北京的飞机上，我哭成狗。空姐空少轮番来问，您确定真的不需要帮助吗？

我说，不需要，不需要。

事实上，我觉得谁也帮不了我。我看着窗外几万米的高空，觉得完全无法接受这个世界运行的残酷规则。

我不是无法接受人为什么会死，

我是想不明白，

人活在这个世间，为什么要承受这么多的痛苦？

我的爷爷，去世的时候应该很痛苦，癌症折磨得他几乎骨瘦如柴，而他最终选择放弃治疗却不是因为无法忍受癌症的病痛。

是的，我奶奶，先去了死亡那边。

奶奶去世后的两年，爷爷的心里是怎样的孤独？那个方方正正的小院，是他们相伴了一生的地方，几十年间，没饭吃，发洪水，没有钱，被批斗……什么样的苦难都挨过来了，奶奶却在最后富足的晚年，因常年的膝痛难耐，选择了自我了结。奶奶去世的那天，是爷爷买完东西回到小院后，第一个发现的。

那样的目睹，我想，再坚强的人，也难以承受。

后来过了很久，我采访一个心理专家，她说，身体疾病和心理疾病都是有关联的。

比如背痛，可能是持续受到来自财政或家庭的压力。

比如子宫问题，有可能是两性关系造成的创伤的内化。

而胃部问题，多是孤独。

在节目现场，顶着八十层大浓妆，我差点儿泪奔。

我突然被触动，爷爷的最后，内心是有多么的孤独。

爷爷，是胃癌去世的。

我不明白，到底是什么样的绝望，让一个人连生的机会都不要了？是死亡更有吸引力吗？可爷爷不是意志力弱的人。事实上，他是我的英雄，是我小时候所有童话般的经历的主人公。他坚强、乐观、幽默、大度、勇敢、果断、善良、公正，他热爱生命。但是，生命的最后日子，他自己放弃了。他不再接受治疗，他不吃不喝，他等着，但求一死。

死亡也没能夺去他的尊严。他走得很有尊严。我却平生第一次，当众，在一飞机人面前，情绪无法自控，两个小时的飞行，全程泪洒。

爷爷的葬礼之后我回了我工作生活的城市——北京。

北京灯红酒绿，好像没什么情绪被物质欲望埋不掉似的，但我很长一段时间缓不过来。事业上，感情上，都再也无心恋战。

我不知道为什么，觉得人生没有什么意义。再怎么努力，都终有一死。

我也知道为什么，我觉得人生没有什么意义。终有一死，即使你再怎么努力。

我开始消沉，很丧。我觉得一切都是空的。我只信痛苦——我觉得痛苦是真实存在的——我觉得痛苦是永恒的——我觉得痛苦是不断出现的。所以，为那些一点点的不痛苦的时光，忍耐这个世界上大多数痛苦的时光，何必呢？

我最喜欢的一句话：那阵子，变成，生而为人，对不起。

再后来，很久很久以后。

秋天。在我的好友纪录片导演胡弦子的影像工作室，我们一起吃家宴。闲聊间她说起，她的一位朋友，是位心理医生。那位心理医生在催眠中发现，人的灵魂是不灭的，是会一直回来这个世界上的。比如，她曾经是一名二战期间的德国士兵，后来被杀死。她也曾有其他世的记忆。

地球，讲个故事，也许只是人类修行的其中一部分。比如，小学。

灵魂是会毕业的。

但灵魂不会灭的。

那天柿子树上柿子红红火火，弦子捡来的流浪狗小抖在我们脚下跑来跑去，树上掉下来柿子它就去吃，乖萌惬意。

我突然心里燃起了希望。

如果这个理论是真的，我的爷爷奶奶，他们，就不是消散了。

他们没灭，他们只是换了种方式存在。他们如果想回来，还会回到人间。

他们出生的年代，那么辛苦，他们几乎一辈子没有享受过科技带来的福利。我小时候拉着奶奶听王菲的歌，她的表情告诉我，她不喜欢，但是，她还是为了我，说好听。

这些往事都涌上心头。

不管是真是假，是何年何月，只要她们还能回来。我的心里，就释然很多。

我突然懂了，前几年，我心里灭了的那团火，叫爱。

后来看到《轮回》这本书，刚看开头，我就震惊了。为什么会有一本书，和我的念头这么相似？我心里的疑思，它全写出来了。它不是文采飞扬的类型，但它是暖的。看完之后，让人觉得有力量，让人觉得，头上有一束暖光。金色的，照的通体干燥温暖。《轮回》里写道："其实修行的目的，是改变固有的习气，让旧的模式一直持续，你就在一直重复人生的难题。""在地球上生活是天赐的福气，这是一所学校，让人学习如何在物质空间，在身体与情绪和实体中，表现出爱。"

每个伤痛里，真的都有礼物。这也许便是轮回的积极意义。

我在经历了那几年的丧气沉沦后，用一种超越我之前想象的方式再次站了起来。这次的站立不再张扬，慢慢地，却多了很多底气。我开始明白生命的本质是一种形式：灵魂以不同形式一次次地回到人间完成未完成的功课，这次你叫张三，下次你叫李四。所谓红尘，不过是一所大大的学校。我们在人与人的关系中学习，在具体的困难里学习，在一次次的遗忘中，在不断放下的执念和习气中，忆起真正的自己，明白我是谁，我在哪儿，我在做什么，我要去哪里。

突然，想起两个大家都熟知的人。

都知道轮回是苦。

所以，金蝉子才伟大啊。他明明已经可以不用再入轮回，但他决心要再回来，度众生。

所以，耶稣才伟大啊。他明明是神的儿子，但他决心要再回来，度众生。

所以，真正的强大，充满了爱和慈悲。所有伴随着愤怒和怨恨的坚强都是假坚强，真正的强大里，打碎了揉成粉都找不到一个恨字。

不是用菩萨的标准要求人。其实这个世界从来都没有说要求你一定要是真强大，包括菩萨本人。电影《玄奘》里，有一幕是玄奘到达印度后，看到街头仍有不美好的事情发生。玄奘忍不住拉住一个老人问为什么会这样。印度老人回答说，"尽管这里是佛的国度，但佛的子民，还尚未成佛。"是的，身为人的我们，当然有很多的尚未圆满，并且要允许这些尚未圆满的部分流动。只是这世上有很多人，依着假坚强给了自己安身之处，并滞留其中，将蜕壳的阵痛当作是生命的惩罚，是人间的真相，是宇宙的全部，然后去传导，散播这些恐惧，聚集更多的人一起来走上充满恨意的假坚强之路。

然而，如果真的以为真正的力量和强大就是眼泪、武力、伤疤、激烈、浴血……那么相信这个观点的人，必将经历眼泪、武力、伤疤、激烈、浴血，并卡在其中，直到有一日自己愿意放掉自己。

回头看看当时的路，我很感谢那几年被生死之痛打垮的丧气时光。我更感谢没有让自己困在里面不走了的我自己。谢谢时间让我知道时间只是个三维世界的游戏，所有的栅栏禁锢，其实也不过是人给自己围起来的不允许而已。眼泪、丧气、绝望、愤怒、不解、不服，这些情绪我们都有过，就像种子发芽前，那黑暗厚重的泥。关键是，你是让自己安住在其中，腐烂成为泥的一部分，还是把它们当作养分，破土而出？

轮回游戏，就是每个你翻过的土包里，都有宝藏；每个你趟过的艰难里，都有礼物。

　　记得挖。

　　如果还没挖到，继续挖。

　　直到穿越。

强

所以，真正的强大，充满了爱和慈悲。
所有伴随着愤怒和怨恨的坚强都是假坚强，
真正的强大里，打碎了揉成粉都找不到一个恨字。

原来活着的样子，是坦然地过一辈子，过程只是让你更懂事

~~~~~~

　　好几次开进地下车库都看到一个穿白背心卡其短裤带草帽的老爷爷，拿着一把蒲扇，带着一个小男孩。小男孩骑着一辆自行车，看到有车开下来，爷爷会很迅速地把小孙子拉到自己身边，爷俩都不说话，站在旁边等。等车开过去，然后再出来学骑车。我第一次看到他们时，吓一大跳，好端端的地下车库好长时间没人在这儿玩，怕不是见了鬼吧。

　　第二次看到他们时，第三次看到他们时……见的次数多了，便琢磨到他们的可爱——八成是小男孩很想骑车，爷爷一想炎炎烈日，地面上又车多危险，干脆给找了这么一个凉快人少的"好地方"。

后来在不知道是第几次碰到他们时，我开车过去，然后在后视镜里看到那个爷爷的背影时，一下子哽咽了。真得很像，我爷爷。他也常是这副打扮，在汉江河畔的小院子里摇着扇子，精神矍铄，站在我二十多年的记忆里。不知不觉，想到了很多过往人事。爷爷奶奶的笑声和眼泪，汉江河畔的醪糟汤圆鸡蛋汤，没有暖气的南方冬日……都像在眼前一样清晰。此时千里之外的老家院落早已是荒废，我一点儿也不觉得那是一片平凡的土地，它于我的家族而言，伟大至极。那杂草丛生间，有我，和我爸爸小时候的童年，有爷爷奶奶一辈子用力活过的痕迹。

后来到了父亲节，我给爸爸打电话，我说"爸，父亲节快乐"，我爸云淡风轻说"谢谢"，可我知道他会高兴。然后有一瞬间我突然想到，爸爸他会不会在今天也想起他的爸爸？可我不敢提，长久以来我都不敢提，因为我知道，我们都想他。最近我发现我的记忆里，爷爷的音容笑貌开始随着时间流逝越来越单调，我常想起的他的模样就越发地经常想起，而我很少回忆起的竟然开始慢慢模糊记不清楚了。最让我震惊的是我发现我只记得爷爷和我之间的对话，爷爷和爸爸之间的，爷爷和奶奶之间的，爷爷和其他人的……我竟然一句也记不得。这时候才发现年少时是多么的自我，没成家以前，"我"以外，家庭以里的事情，我原来关心得如此少。只因为我始终觉得，这家有人操心啊。我爸，我妈。

直到自己结了婚，也当了爸妈。普洱刚学会说话的那年，是徐睿

的第一个父亲节，我们还记得，小小的普洱就突然会叫"爸爸"了，然后"爸爸、爸爸"叫了一下午，我们俩激动得幸福感爆棚，也开始有点儿进入角色，体验到曾经父母跟我们形容的某些感受。

那个父亲节对我来说过的和以往任何一个都不一样。有孩子的头几个月，我几乎从未思考过他带给我些什么。我觉得都是我们做父母的在单方面的付出，尤其是母乳妈妈，很辛苦，很重复，很乏味。初生的婴儿不会拉屎，不会打喷嚏，不会说话，不会动，不会自己睡

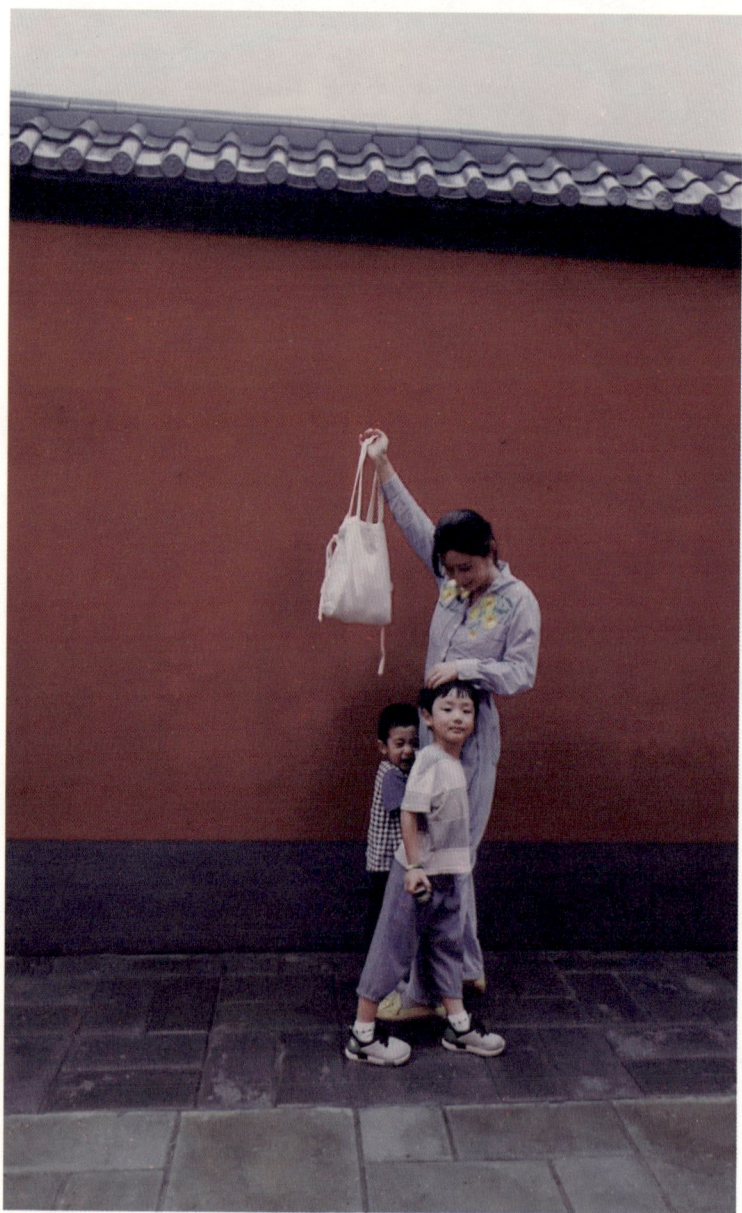

觉，甚至最开始连脖子都肘不住，时不时还要撕心裂肺地大哭，依赖大人到似乎索求无度。然而后来我慢慢发现，尽管婴儿还是那个有一大堆事情都不会做的婴儿，不会说话不能离人，我却感受到了，孩子是上天给一个成人的最大的信任、最珍贵的礼物。

还记得普洱七个半月时，来这个世界已经两百多天。他渐渐有了习惯，有了爱好，有了性格，有了想法，有了交流。有一次他拉住我手上的镯子玩，我便照例摘下来递给他，结果他居然没有像往常那样放在嘴里磨牙咬，而是握在手里仔细地看了看，呆呆的、笨拙的，然后做了一个从来没做过的动作：他左手拿着镯子，右手拉我的手，拉到一起，想给我戴上。我一下子激动的就要热泪盈眶，心里暖得像是抱了一碗热汤，一碗当了父母后，开始品的出味道了的热汤。这是一件他昨天还不会的小事，但是这是一件足以让我这个眼看着他一点点长大的年轻妈妈莫名泪奔的事。爱一个婴儿，会有一种失明患者重获光明的感觉。孩子用自己的眼睛带着父母一起看世界，让大人们看到同一个世界竟然可以都是奇迹。一个仿佛什么都会的我，随着年龄增长，眼里的色谱逐渐简化为黑白灰了，而一个什么都不会的他，带我重新看到了所有的赤橙黄绿青蓝紫。

因为着这些，我也回忆起了很多爸妈和我的童年，他们年轻的笑脸，他们那时的喜悦、辛苦和坚持。这些感情交织，让我隐隐感觉到所谓的传承。前路在面前铺开，充满可能，来路也清晰可见，不会消失。一个人是有多大的福气，才能有一大家子亲人，陪着一起体验生而为人的点点滴滴？还记得《星际穿越》里的那句台词，男主角要执行任务上太空去了，走之前去看睡着的小女儿的脸，他说："你和你哥哥出生后，你妈妈对我说，以后我们就是孩子以后的回忆了。"

其实何止是一家人？在这个世界，我们互为彼此的记忆。那些生生不息的到来和离去，构成了我们的喜悲，也教会我们成长。因着整理这本书稿的缘故，我也发现了我是一个多么能怀旧的人。然而怀旧并不仅是为了怀旧而已，当过去、现在、未来，在心中平等地聚首时，人生方为圆。

圆

当过去，现在，未来，
在心中平等的聚首时，人生方为圆。

谢你如光闪耀

~~~~~

我从没想过，我会有一个僧人朋友。更没有想过，我会送他最后一程。人生有时候真的很妙，妙到你会流着泪感慨这趟旅程教会自己的事。

2017年10月11日凌晨四点，北京机场冷得像是要结冰。天还没亮，看得见从深蓝到发白的层次。我们来赶最早一班飞机，目的地武汉。

八点落地武汉，武汉的云低低得压在头上。这是第一次到武汉，但我们都无心赏景。心情也像云一样，低沉得密不透风。

前一天，我和先生徐睿刚从清迈回来。夏衣的行李还没来得及

拆，突闻徐睿的师父宗捷法师病危，三个月前突然病倒，是肝癌晚期。他一向低调，没有广而告之，很多在外地的弟子都不知道。只有极少数当地的徒弟知情，由寺庙里的僧人照顾他住院治疗。直到昨日，师父的另一位徒弟也是刚刚得知师父病危，辗转要到徐睿的联系方式，给徐睿发来消息，我们才知道，四个月前在北京刚见过的师父、生龙活虎的师父，带徐睿皈依走入佛门的师父，竟然已经在生死的边缘了？

这个消息惊呆了我们。

徐睿打给和宗捷法师共同的朋友茶人赵英立询问详情，赵老师说："的确是这样。师父突然病了。刚病倒时，说不要告诉你们，他不想打扰任何人。但现在他人已经快不行了，医生说可能也就是这一周的事。你师父非常看重你，你要看就要赶快去看了，趁师父意识还清醒。"

我从没见过徐睿那样打着电话落着泪。他是一个即使有再大委屈和困难也没见哭过的男人，此刻眼泪却落得像断线的珠子，整个人一边发抖一边强作镇定。他说，我要坐明早最早的航班去看师父。

我几乎是脱口而出，我也去。

不单是为了陪自己的丈夫去看他的亦师亦友，我自己也想去送送。

师父对我有恩。

说来奇怪，我们不是僧徒关系，也没有特别的交情。我甚至都不是皈依的佛教徒。虽然嫁了个佛教徒，但是在我的知识观中，万事都是归途，殊途同归而已。我认为不同的宗教只是故事不同，核心是相同的。甚至宗教和科学，最后寻找的也都是同一个答案，不是吗？所以我并不感兴趣于崇拜外在的神佛，也提防着自己陷入对任何一种形式的执着。

但是宗捷师父脚踏实地地刷新了我对佛教的认知。他真实地出现在我面前，让我看到真正的僧侣是怎么样。因为宗捷法师的缘故，我第一次近距离地了解，真正的僧侣思什么，想什么，说什么，甚至吃什么，喝什么。所以，我说的恩，并不是一件什么具体的事，或我欠了什么人情，而是他给我的感觉。几年来，不多的几次接触，他用自身的光，让我看到了身为一个人的明亮。

认识师父以前，僧人的概念在我脑海里是模糊而遥远的，同时夹杂了很多来自网络上负面报道的影响，以至于我对藏传佛教是怀疑的，对僧人的态度是敬而远之的。而认识师父之后，我切实地感觉到，在这个成人社会里，真的还有这样的人：既拥有童心的纯粹，又拥有老者的智慧，真心愿意不计回报，不比高低，不在意利益来往，一切皆是发自善念爱心地跟你打交道。只要你开口问，他便将自己所

了解的知识，自己所能做到的帮助，全然送给你，不求任何。

师父纯净而庄严。

师父让我印象最深刻的，是他的笑声。

人们喜欢找他倾诉烦心事，大大小小的烦恼，见了师父，就像一张满是蛛丝的网，再也藏不住。说来有趣，人是种矛盾的生物啊，常常在红尘中制造烦恼，然后想要在红尘外求得解脱。那些柴米油盐、名利权钱，那些求不得、放不下、爱别离、恨长久，当事人当时再大的烦恼，到了师父这里，开头总是几声让人如沐春风的"哈哈哈"。

徐睿当年风头正好，却要从光线传媒离开，身边的人都不理解，只有师父听完说，"哈哈哈，没事，你想好了就去做，是好事。"

我当年刚认识徐睿时深陷一段感情的烦恼，正好遇上和师父吃饭，他看我那时自责憔悴愁眉不展，也是说，"哈哈哈，没关系，其实你不必为别人烦忧过多，每个人都要先照顾好自己。"

我的好朋友，包头广播电台的著名DJ老薛，有次也遇上了个听众求助，说是自己家乡的一个长辈，自述被什么仙号缠上，威胁要上身，人都快被折磨得油干灯尽了。老薛跟师父求助，说："那个什么什么仙儿，跟那位阿姨说，不让上身就要让她生病，那到底该怎么办？"师父也是哈哈一笑，说，"当然不要了，人身难得，正念更珍贵，正念即是光，自身光足，一些暗影旁门根本没什么好怕的。"

宗捷师父的确是满身光芒。他有万事一笑了之的淡定，也有包容一切烦恼的宽容。这笑声不是对俗事不屑的嘲笑，恰恰相反，是一种接纳无常的和解。

他2007年至今湖北红安弘觉寺的住持。他是受人尊敬的住持，在网上，他却只自称宗捷比丘。他写道，"……特别被称呼为法师时，也觉得太过头，我最喜欢的自称就是比丘宗捷，因为比丘才是出家后的身份，时时不可忘乎。"我眼里的宗捷法师，勤勉、认真、温和，却从不教条。他每天认认真真持咒念经，有自己的功课要做，有徒弟要教，也同时主理着寺庙大小事，并为信众讲课开示。却从来不会用"你必须怎样怎样，否则就怎样怎样"的逻辑来强求别人。他不是那种用让人恐惧的逻辑来让人信服的宗教人士，他身上充满爱。

还记得今年5月，师父刚从国外回来，路过北京，住在我家。他每日闲暇时间都陪我的孩子普洱和龙井玩，非常耐心温和。有一日，我们一起散步路过一个院子，可能是惊到了那家院内家犬，顿时吠声大作，叫法极凶。我们几人路过都走了，只有师父停下来等它叫

完，温柔地跟它说话。我听到师父说，"哈哈，好了，没事了，没事了……"后面还有很多，我走远了没听到，但那时候感觉，他真的是个特别特别温暖的人。

也是那次见他，我第一次鼓起勇气来跟他讨论宗教。那晚我们盘腿而坐，在茶台前，我跟他请教了很多。我问了很多天马行空的问题，师父竟都尽量用我能听懂的语言一一作答。我们聊到了僧人对量子催眠的看法，聊到阴阳太极图，聊到因果轮回。

师父精通佛法，佛法无边。说实话我只是有的能听懂，有的听不懂。但那天是真实不虚地感觉到，佛法是那样的威严，佛法又是那样的谦虚。佛法是那样的智慧，佛法又是那样的包容。佛法并不是很多人下意识想到的那种因果报应的小故事，佛法是智慧，是一种处事态度，是一种人最大程度上地和自己的和解。

师父病危的消息就这么突然地来了。

飞机落地武汉，满天云压下来，我们在云下穿行，压抑到不敢大声呼吸。

驱车赶到中医院门口，先发信息询问，是否可以进去探望。在病房里一直照顾师父的小师兄回复说：师父睡着了，请十一点来。而后小和尚师兄加了一句叮嘱：请一定克制好情绪，师父和几个月前大不相同。

听到这句话，心里就是一沉。

十一点。

终于站到病床前，我事先做好了思想准备，但还是忍不住生出了满心悲愤。师父躺在病床上，盖着被子。他变成了那么小小的一团纯白，半昏迷，枯瘦如柴，虚弱地躺着，手臂上打着吊针。呼吸很吃力。走近看，被子的角落，鲜红的新鲜血滴。

我心中抓狂的不解。几个月未见，一个人竟可以被病痛折磨成这样！

那些平日里对死亡的认知，都像是纸上谈兵。彼岸的世界未必不是解脱，但这个世界就没有好一点儿的退场模式吗？为什么对这样好的一个人，要给他如此的折磨？

那一刻，什么修行人的成就往往是与病苦相随的，什么有事病苦反而是消了几世业报，什么发菩提心示现生老病死苦，在我脑海里都起不了作用了。我心里翻江倒海，恨这个游戏不公平。

然而师父比我平静多了。

他醒了。听到徐睿来了，师傅艰难地睁开眼睛，很虚的气息声都用了很大很大的力气。他说，来，坐近一点儿。

徐睿靠近他，强忍眼泪。

师父开口说的是，多么幸福的一家人啊。你们要照顾好自己。徐睿，你要少熬夜。

默默，你监督他。

说完师父像是用了很大的精力，又陷入了昏迷中。徐睿在旁边握着他的手，就那样一直握着，静静地陪着，泪如雨下。

不知道过了多久，又有几个僧人朋友来探。师父再次艰难地开口，语气却是如常，他说："对不起各位，这几天你们给我打电话，

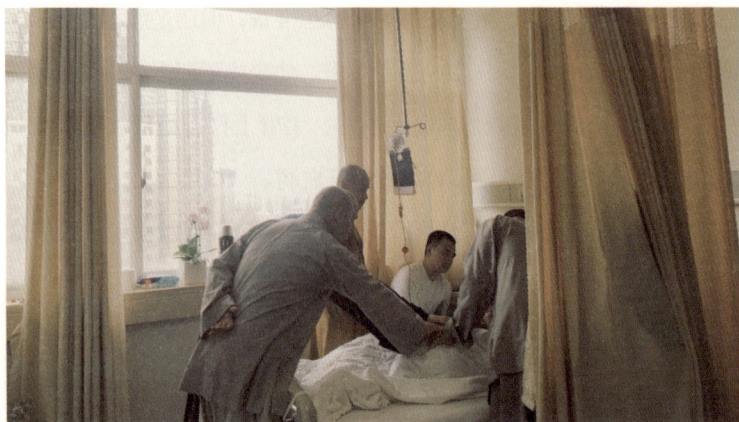

我这都没接，因为实在是拿不动手机了，觉得手机像砖一样重。"

我扭头去卫生间哭。

我好想为师父做点儿什么，可是我却什么也做不了。我想起自己第一胎时，难产打了催产素，躺在医院里疼得无法呼吸，但想坚持顺产不愿去剖。徐睿心疼，跟师父说了，师父得知后在寺庙里为我祈福，整整颂了一天的药师佛心咒，直到得知我们母子平安。现在他躺在病床上这么难受，我却什么也做不了。

我同时也对他非常的尊敬和佩服。

他的身体已经很不好了，但是情绪却是非常的淡定，并且一如既往地为他人着想，每当有徒弟或其他僧人来探望（很多人都是刚刚知道），只要他还清醒，便寥寥几语关怀，只字未提自身病痛，全是关心来者。

我不知道有几人懂这种病危时的淡然。多少人平常得个重感冒已经难受得脾气不太好了，师父全身挂着针，却还如常体面。

　　在这样的生死边缘，我能感觉到，他的态度，是非常的淡定，也非常的温和。他淡然地面对死亡，但也温和地接受大家给安排的治疗。他不推，也不揽，就那么静静地面对死亡，面对病痛。

　　其间来了不少来探望他的人，有几位僧人来后，没有多说什么，只是一起把手叠在宗捷师父的手上，默默地陪伴着他，静静地放了好一会儿，那一幕看起来格外温暖。也有风格完全不同的，比如一位黄袍僧人，来的时候师父刚抽完腹水，人半昏迷在睡，黄袍僧人就同旁人聊天。别人都压低嗓子说话，他如常大声聊天，说着之前某某生病了没放弃还是被医好了的励志故事，看似像是不在意床前那"病危"

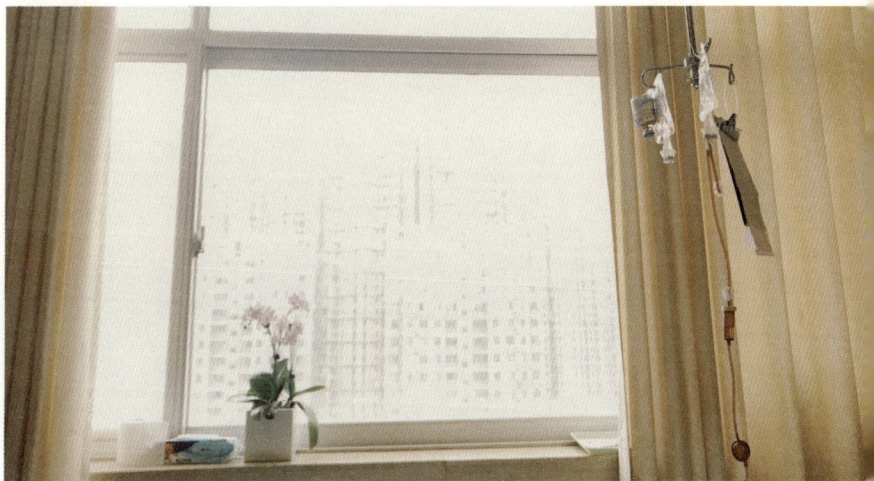

二字，可又像是喊给半昏迷的宗捷师父听一样。也是这位黄袍僧人，坐了一会儿，走到门口压低声音问一直在照顾师父的小师兄："医药费都是哪里来？"小师兄说："都是信众捐的。"黄袍僧人默默走回来，从布袍子里掏出一大沓子钱，轻轻地塞在师父枕头下，走了。他转身的时候，我看到，他背后的袈裟，都是破的，打着补丁。

探望的人来来去去，每个人待的时间都不长，为了不打扰师父休息。

因为我和徐睿从北京飞来，所以得了些特权，得以一直留在病床边陪他。师父一直握着徐睿的手，一阵一阵地昏迷。清醒的时候，他

不断催促我们去吃一口饭，别饿着陪他。他再疼也是忍着自己挪，不舍指使照顾他的人一下。唯一主动叫照顾他的小师兄到身边来，竟是喊他给我们泡普洱茶。小师兄问："师父您要喝？"他虚弱地说："都倒上。都喝。"这一幕熟悉却心痛，是的，师父平日里最爱和徐睿一起喝茶，一起喝茶时，我们曾经约定等普洱、龙井大一点儿了，暑假送去师父的寺庙里让师父带一带。徐睿强挤出笑容说："师父，我们一定还有机会一起喝茶，对吧？"师父点点头，又顿了顿，说："普洱和龙井，我有机会再教吧。"

后来因徐睿晚上在深圳还有董事会要开，我们于下午三点离开医院，心中万般不舍牵挂，但还是无奈赶往机场。起飞前收到信息：师

父已陷入严重昏迷。

在飞机上，看着广袤的天空，我想起那句话，三界皆苦，世间无常。我们人类多牛啊，我们都一步步飞上天了。然而在生死面前，我们能做的，太少。

我们人往往都觉得自己能控制的太多了，从吃什么、穿什么、带什么、用什么、到管什么、住什么、爱什么……但其实，生命最终能让我们体会到的，不是名利钱财、美貌权利……它们都是空的。真正存在的，只有爱。

飞机落地当晚，得到消息，宗捷师父已经圆寂了。

我很高兴师父解脱了。

我很难过在岸的这边，我们再也无法相见。

师父用他的光，照亮了这个世间一些人、一段路。

这段路在时间的长河里很短，短如一瞬。

但是在一个人的一生里，永恒。

愿师父在时光和肉身的桎梏之外，如愿，吉祥，安乐。

善

宗捷师父，既拥有童心的纯粹，又拥有老者的智慧，
真心愿意不计回报，不比高低，不在意利益来往，
一切皆是发自善念爱心地跟你打交道。

2008年，写给自己的一封信

～～～

她。

女，二十二，短头发，黄皮肤，个子不高，眼睛不大，脂肪不多，腿不长，扔人堆里，平庸得看不出来。

她。

小城姑娘，没有背景，一个人跑到大城市，疑似在奋斗。爸妈不看好，总唤着回家乡。爱情、事业、生活都要自己扛，受过伤，也伤过人。看上去懂事，看上去也疲倦。

她。

讨厌强势，讨厌浅薄。不太物质，但是月光。说话不张扬，写字偏蓝调。

她大概是这样，嗯，不止如此。

她最近发现，她丢了。

于是她想去很多地方把她找回来。

她去洱海边找，

她去鼓浪屿找，

她去草原找。

她回铁五小找，

她回春晓园找，

她回青岛的海边找。

或者，是在遥远的存在记忆里的旅馆、书吧、马路边、路灯下、草坪上、夏天的气味里？

她和很多人聊天。

聊感情，聊无情，

聊做事，聊做人，

聊政治，聊正直。

然后她迷茫了，她想，我是不是太洁癖了。

比起女演员在镜头前除去衣衫，更不能接受的是镜头后的脱、陪、无所谓。

能有这样的厌恶，是不是太与社会格格不入。

能问出这样的问句，是不是太不懂圆滑与世故。

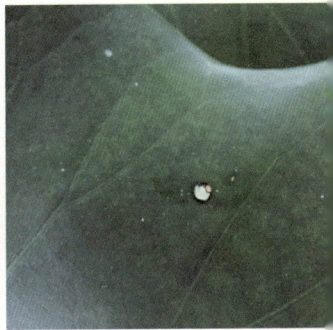

她身边的朋友有的回了家乡，安逸风光，看上去很美。

也有的找了好靠山，安逸风光，看上去很美。

她的前男友说，你现在的不安因为你缺一个家庭，你该结婚了。

她的现男友说，暂不考虑这个事情。

她都能理解。

她谁都能理解，仿佛她天经地义为理解而生，但是她不能理解的是自己为什么这么能理解别人。大学四年的同学临别留言说：你啊，不会跟人发脾气的孩子。

她去KTV唱《爱的代价》，那些为爱付出的代价，是永远都难忘的啊。唱到，就当他是个老朋友吧。哽咽。但最终还是微笑吧。人总要学着自己长大。

她觉得，越是一穷二白的人，好心态越是重要。

不过，她暂时找不到自己了，找不到状态了。

她可以是一潭水，也可以是一把火，可能性太多了反而不是好事，比如七十二变时，孙悟空会不会偶尔怀疑自己到底本尊是谁？

心态论的她，对最近的自己很不满意。

有主见的人，不怕别人吹风，就怕自己解构自己，自己怀疑自己，自己觉得自己，是不是个很失败的人。

向左向右，人生的道路啊。

完美主义和浪漫主义会成就一个艺术家，但是会杀了一个人。

世间安得双全法，不负如来不负卿。

可不可以这样安慰她——迷茫只是暂时的，日子仍在继续。

在拨云见日之前，我希望她能撑得住，熬得住。

2018年，给自己的一封回信
——别忘记我们萌芽时多么珍贵

~~~~~~

你告诉我，你要面子吗？

我要，特别要。

很在意，很小心。很左顾右盼，很审时度势，很察言观色，很步步为营的，让自己看起来不那么左顾右盼，不那么审时度势，不那么察言观色，不那么步步为营。

我也不要。

我也知道面子有个屁用啊，我也知道这世界上多少人是看起来头头是道、高高在上，其实过得不快乐也不自由，我更知道人们有多容易被社会潜意识的规则绑架，我还知道人该做自己忠于自己，有条道

哪怕看起来满是荆棘，虽千万人阻挡吾往矣。

可我有时候还是会害怕。

怕自己太清高，太不现实，太不合群，太不会做人，太理想主义，太不商业，太不有趣，太……

我就这么走了小半生，用尽力气，拿捏着这跪下假笑和头扬太高之间的分寸感，又负如来又负卿。说来都是些形而上的东西，但落到生活里，是每一个细枝末节的选择——看着那自己委曲求全都换不来想要的结果的一桩桩，看着那别人游刃有余仿佛天生就少了很多纠结的一件件——对自己，便也就更加的失望。其实一个人最难过的时候，不是别人不认可自己，而是自己对自己绝望。我人生中也有那么一阵子，开车经过高架桥时，都抑制不住地幻想，如果此刻就这么从桥上冲下去。是不是这生而为人却无能为力的一生，也就都结束了。

是的，我也曾想过一了百了。

灵魂的暗夜里，对一切失望，劝天劝地劝自己，偶尔也会给自己打打气。我那时候常想，如果有一天——我是说万一，我会好呢？万一这真的只是一场情绪感冒呢？万一真的所有的事情其实都有的解呢？万一我有一天可以像传说中那样平平静静、高高兴兴、满心喜悦地跟这个世界相处了呢？——虽然我不信，但，或许总还是有些永恒不灭虽被盖住但始终无法被杀死的东西在——我记得我曾经无数次在暴躁的内心无声地大喊：如果真的有那么一天我会好起来，那未来的我，你出来啊！你出来说说啊！现在的我该怎么办？

像一个在漆黑的海底穿着铁甲，却还试图生火的人，

无非因为，渴望光。

好吧。此时此刻，我坐在这里，抬头看天，好像同时看见了无数个时间线上的自己，她们那么可爱，她们却不自知。好吧，此时此刻，我坐在这里。就来回一封信吧。

给各个时空空间维度，曾经、正在存在的，不相信世界，不相信自己，在呼求着的自己——是的，你会好。而且会很好。

我亲爱的自己。

你委曲求全都换不来想要的结果，也许是因为，如果委曲求全本

身就不是真实的表达，所以没有力量呢？如果你生命中的一切都可以来的轻松愉快并且充满荣耀呢？你做事的能量里夹枪带棒暗度陈仓，即便你不说话，能量也会替你说话，如果你认为的生命里的那个跟你对着干的坏人，其实就是为了来教会你一件事：对自己如实地活着呢？

我亲爱的自己。

你说想要的结果总是事与愿违。如果是因为，所谓结果本身就不是你真正想要的呢？留不住的爱人，平衡不了的关系，赚不到的钱，拿不到的机会……那些真的是你想要的吗？真的是适合你的吗？

我亲爱的自己。

你看着别人游刃有余天生就好像不纠结一样。记住，不要去和别人比较，因为，没有什么好比的。大家都一样，大家也都不一样。在时间的尽头，没有人是未证悟的，但在时间之内，大家用着这个叫作时间的工具，每个人在体验着自己不一样的剧本啊。

我亲爱的自己。

你觉得别人好像天生难题就少一点儿。那这样吧，请想象一个大大的集市，满是各种店铺的街道。你手上拿着喇叭，是因为你刚才逛过那家店了。她手上拿着天平，是因为她昨天逛过那家店了。喇叭和天平之间，没有区别，反正早晚，你们也都会逛完所有的商店。人生也是一样，她今生擅长的，也许恰好是她已经逛过了那个商店而

已，而你逛过的是另外几家店。大家都一样的，没有区别，没有任何区别。

我亲爱的自己。

感受那些失望，感谢那些失望，拥抱那些失望。在所有的失望里，藏着你最深的对自己的评判，只要你自己不评判自己，没有人可以评判你。你会因为别人的言行而心里伤痛，是因为你心里有个内应，看见他，别打他，承认他，了解他，满足他，融化他。他也是你的一部分，他浮上来了，他开始被看见了，他则有机会被疗愈了。他打不走的，他只会被爱吸收，他是你渴望认出的你自己。

我亲爱的自己。

我敬佩你。敬佩你在愤怒的风雨中穿行，去体会那无人之境。敬佩你从碎了一地的玻璃碴儿上站起来，把流出的鲜血全都变成了鲜花。

你说一个在漆黑的海底穿着铁甲却还试图生火的人，为什么渴望光？

你想过吗？

因为你见过它。

虽然你忘记了，但你曾经，未来，现在，就是光。

你不会不是，不然，也不会在漆黑的海底，试图还原心中明亮的星空。

后　记

这些年，我一直小心翼翼隐藏和避免写太多有关心灵的内容。

我小心翼翼地撕着身上可能会被贴上来的任何标签，鸡汤、修行、灵性、身心灵成长……

我不喜欢被人归类，我害怕被人说，啊，那谁谁啊？年轻时候还是个漂亮姑娘，现在就是个神神道道的人啊。

看到了吗？

我对自己有多大的评判和不允许。

我善于否定自己。

其实这并不是我签了合同的第一本书，第一本书，被我自己截了流。那是一本讲电视台故事的小说，我写得很用心，我的编辑也很喜欢，却在我第二遍改稿的时候，横竖自己觉得写得不够好，自己把自己曾经的心血打入了冷宫。这事儿把与我合作的书商吓一跳，以至于在这本书的初稿更改阶段，他就认真地发信息给我说，"不要再像上次那样了，重来一次然后就没有了然后。人回过头去看自己，有几个是满意的？你没必要老是推翻之前自己写的东西，没有十全十美，只能说明，你在成长。"真心谢谢我的出版方，我的朋友温栋梁。没有他这段鼓励，没有这本书。

是的，他说得是对的。我没法否认的是，这一路走来，回头一看，跃然纸上的，那些来来回回挥不去擦不掉的，其实都是对这个世界的爱。我也曾有时丧气失望说狠话，我也曾有时温润如玉上善若水。那些左左右右，明明暗暗，都是我。我的人生中如果没有那些艰难时刻，我不会舍得放下对名利钱财的追逐去坐下来听听自己内心的声音。而如果没有那些明亮的瞬间，我也不知道自己会在灵魂的暗夜里煎熬多久。"了解自己的心灵"于我而言，它不是让我觉得我可以逃避生活了，它们让我真正拿回了属于我自己的力量。我们都有卡住自己的地方，可能在别人眼里看来芝麻绿豆一样的问题，却可以成为一个人禁锢自己的牢笼。我的脆弱，我的坚强，我的不安，我的平静，我的软弱，我的力量，都可以拿出来给你们看，因为我相信我们其实都一样，我们都被蚂蚁腿儿绊栽过，我们也都会爬起来，像大象一样稳。

现在，我也不会再站在高山上，指责嘲笑曾经低谷里的自己做过什么傻事。因为明白了高山和低谷，一样的伟大。这本书里，好些文章是早年间写的，我未必再同意那时的有些观点，但是所有的来路，都值得尊重。没有曾经在低谷里活得很难看的自己，就没有会发自内心欣赏一花一草的美丽的自己呀。有句话说，人生不如意十有八九。这是挺让人痛苦的，不过，你有没有想过，可能被打趴下了，会发现，地上的蚂蚁搬家，也挺有趣的呀。

生活很公平。

通过件件桩桩的经验，都让我们渐渐明晰自己的真心，以及自己的心意该如何通过这具躯体和外界和谐相处，最后，用己力留下火光，去尽量照亮其他尚在黑暗中的人。这火光微弱也好，明亮也罢，都是要燃的。

这一路，也的确是一把年纪才开始能心悦诚服——关于人们的路是不一样的。是的我一直知道不必苛求自己，也一直知道不必效仿其他，我知道这么多那么多的道理，但是从我知道，到我理解，依然是走了小半生。

所以，我相信每个人都有一个抵达内心神殿的方式。你闹市里算钱，他深山里种草药，都是自己独一无二的归途。比起现在过的生活是什么样的，我觉得更加重要的，是弄清楚我们想活成什么样子的人。人间之所以有趣，大概就是因为这些发心，动念，因果，故事。

加油，保持冷静，保持热情。

加油，继续冷静，继续热情。

做点自己看得上的事，爱些自己看得上的人。

别计算，去生活。

当一个人心里的执着太多时，

容易浑身是棱角；

当一个人心里没有那么多的执着时，

这个世界对他来说，就简单了。